少年知识成长小说

TOM'S GLOBAL EXPLORATION

小发明家汤姆全球大冒险

少年知识成长小说

小发明家汤姆全球大冒险

空中飞艇大比拼

[美] 爱德华·史崔特梅尔 / 著　　郝玉梅 / 译

太阳娃插画设计 / 绘

中国出版集团

世界图书出版公司

西安 北京 上海 广州

图书在版编目（CIP）数据

空中飞艇大比拼 /（美）爱德华·史崔特梅尔（Edward Stratemeyer）著；郝玉梅译 . —西安：世界图书出版西安有限公司，2016.6（2018.12 重印）
（小发明家汤姆全球大冒险）
ISBN 978-7-5192-1283-4

Ⅰ . ①空… Ⅱ . ①爱… ②郝… Ⅲ . ①儿童文学—长篇小说—美国—现代 Ⅳ . ①I712.84

中国版本图书馆CIP数据核字(2016)第088676号

空中飞艇大比拼

著　　者	[美]爱德华·史崔特梅尔	
译　　者	郝玉梅	
策　　划	赵亚强　李　飞	
责任编辑	李江彬　雷　丹	
校　　对	王　冰　刘　青	
	郭　茹　党　浩	
出版发行	世界图书出版西安有限公司	
地　　址	西安市北大街85号	
邮　　编	710003	
电　　话	029-87233647（市场营销部）	
	029-87235105（总编室）	
传　　真	029-87279675	
经　　销	全国各地新华书店	
印　　刷	三河市腾飞印务有限公司	
成品尺寸	210mm×145mm　1/32	
印　　张	5.25	
字　　数	100千	
版　　次	2016年6月第1版	
印　　次	2018年12月第2次印刷	
书　　号	ISBN 978-7-5192-1283-4	
定　　价	20.00元	

如有印装错误，请寄回本公司更换

献给每一个有创新和冒险精神的小读者

　　小读者们，你们好！摆在大家面前的是一套神奇的冒险书——"少年知识成长小说"之《小发明家汤姆全球大冒险》。这套书故事有趣、内容丰富、情节生动，你们会发现，主人公小发明家汤姆和他的朋友们在全球各地冒险的时候，总是可以凭借一些新发明及朋友之间的团结互助克服各种困难。

　　本丛书的作者爱德华·史崔特梅尔是美国著名的儿童小说作家，一生独自完成1300部创作，销售量高达5亿册。他的小说被文学评论家誉为"少年知识成长小说"，开启了20世纪初到20世纪60年代儿童小说的黄金时代。"少年知识成长小说"之《小发明家汤姆全球大冒险》是他的代表作品。他在日记中写道："这是一套色彩缤纷、瑰丽神奇的冒险小说，讲述了小发明家汤姆使用自己的许多发明进行全球探险的故事，情节跌宕起伏，更增长了孩子们物理、机械、气象、洋流、地理、历史、考古、冰川等方面的科学知识……"

　　这套书自出版以来，被翻译成西班牙语、意大利语、法语等10余个语种，全球畅销3000万册，仅亚马逊网站就有超过 100 万条的评论。

　　许多名人，包括苹果电脑创始人之一史蒂夫·沃兹尼克，科学家、发明家和科幻小说家雷·库兹韦尔、罗伯特·海因莱因、艾萨克·阿西莫夫，美国最具创造力的飞机设计师凯利·约翰逊、泰瑟枪的发明者杰克·科弗，在读过这套书后，都被里面的科学知识和小发明家的冒险精神深深吸引了，并纷纷向读者朋友们推荐。

　　此外，不少媒体不仅高度关注，还给出了很高的评价。《华盛顿邮报》称"此套书为培养男孩勇敢品质、男子汉气质最好看的书！"《纽约时报》称"勇敢男孩汤姆的故事已经影响了几代人，而且这种影响仍将继续存在……"

　　小读者们，我们坚信这套书将给你们带来不一样的神奇体验。鼓舞人心的冒险故事，主人公汤姆的创新和冒险精神很值得小读者学习。汤姆有时会泄气，但他从不放弃，这对每个年龄段的人来说都值得借鉴。

　　如果你是个勇敢的孩子，一定不要错过发明家汤姆系列，你一定会喜欢上这些冒险故事的……

　　快来和小汤姆一起去冒险吧！

关于主要人物

汤姆·史威夫特

本书的主人公——小发明家汤姆，在他很小的时候，他的母亲就去世了。他与父亲住在纽约郊区的夏普顿镇。他热爱发明、勇敢善良，运用自己的发明多次与"快乐打劫者"、安迪等坏人斗智斗勇……

巴顿·史威夫特

史威夫特先生是汤姆的父亲，是一位上了年纪的发明家。他深深地影响了汤姆的爱好和性格。无论是去大西洋底寻宝，还是去阿拉斯加找黄金，他在精神上、行动上全力支持了汤姆。他是一位慈爱的父亲。

维克菲尔德·戴蒙

戴蒙先生是一位幽默大师。这位年长宽厚的老人有一句逗人的口头禅，那就是"可怜的……"。每当他说起这句话，总能让紧张的气氛变得轻松。

易瑞德凯特·辛普森

瑞德是汤姆家的仆人，一个黑皮肤的老头。他有一个"老伙伴"，哈哈，其实就是一头倔强而忠诚的骡子，绰号是"回飞棒"，他和他的"老伙伴"多次帮助了汤姆。

尼德·牛顿

尼德是一名银行职员，也是汤姆的发小。他和汤姆去各地冒险的时候，每次遇到危险，他总是不离不弃，为汤姆排忧解难。

玛丽·尼斯特

玛丽，汤姆的好朋友，在一次"车祸"中，汤姆奋不顾身地救下了她，从此他们相识了。随着年龄的增加，他们之间的友情逐渐升华……

本丛书的作者爱德华·史雀特梅尔是美国著名的儿童小说作家，居世界多产小说家之列，一生独自完成1300部创作，销售量高达5亿册。他的小说被文学评论家誉为"少年知识成长小说"，开启了20世纪初到20世纪60年代儿童小说的黄金时代，震撼了全世界几代人的心灵。

《小发明家汤姆全球大冒险》丛书由全国外语专家字斟句酌、精益求精翻译而成，其中第一册《摩托车上的乐趣与冒险》由兰州交通大学外国语学院畅青霞老师翻译，第二册《卡洛帕湖上的竞争对手》由兰州交通大学外国语学院李红梅老师翻译，第三册《"红云号"飞艇的惊险旅程》由西北工业大学航空学院惠增宏老师翻译，第四册《寻找深海里的宝藏》由兰州交通大学外国语学院刘周莉老师翻译，第五册《新型电力小轿车》由兰州交通大学外国语学院赵娟丽老师翻译，第六册《地震岛上的幸存者》由兰州交通大学外国语学院邓茜老师翻译，第七册《幽灵山的秘密》由兰州交通大学外国语学院杨红老师翻译，第八册《阿拉斯加冰洞里的黄金》由兰州交通大学外国语学院代志娟老师翻译，第九册《空中飞艇大比拼》由河西学院外国语学院郝玉梅老师翻译，第十册《非洲丛林中的大冒险》由吉首大学外国语学院车佳老师翻译。在此，对所有为本丛书付出心血的老师们表示衷心的感谢。

目录

Contents

Contents

第一章

大 奖 赛

一天傍晚，一位陌生人按响了史威夫特家的门铃。

"请问你是飞艇发明者汤姆·史威夫特吗？"按门铃的人打量着前来开门的年轻人。

"是的，我是汤姆·史威夫特。"汤姆答道，"你是哪位？"

"我叫詹姆斯·钢莫，飞鹰公园航空协会的秘书。我们协会将要举行一场比赛，这个比赛很适合你参加。"来人回答道。

"噢，对了，我想起来了，你曾给我发过邮件。"汤姆开心地笑了笑，然后他把自己家的门拉开得更大一些，"快进来吧，我爸爸见到你肯定会很高兴的。他和我一样对飞艇很感兴趣。"汤姆带他去了书房。不一会儿，这位航空协会的秘书就坐在了又大又舒服的皮沙发上。

钢莫先生说道："就像我信中所说的那样，我们协会正在计划举办一场航空比赛。这场比赛不仅规模大，而且非常重要。比赛的地点在纽约州的维斯特维尔郊区的飞鹰公园。我们希望所有优秀的飞行员都会前来参加比赛，争夺大奖。汤姆·史威夫特先生，你也在我们的计划名单之内。我想你应该还记得，在写给你的信中，我问过你是否愿意参与。"

"但我也记得，在我给你的回信中说过，在上次的寻金之旅中，我们去了阿拉斯加，就在一个冰洞里，我的大飞艇——'红云号'已经毁掉了。"汤姆回应道。

"是的，你说过。"钢莫先生承认道，"我们对这个事实也感到很遗憾，所以希望你能用其他的飞行器来参加比赛。我们想让比赛更加精彩，而且大家一致认为，没有汤姆·史威夫特参与的比赛将是不完美的。"

"你这么说真是太客气了。"汤姆说，"但是自从我的飞艇坠毁后，我真的没有其他飞行器可以参加比赛了。"

"你真的没有其他飞行器可以参加比赛了吗？我们设置了很多比赛项目，有距离飞行赛、高度飞行赛、速度飞行赛，其中最大的奖项是速度飞行赛，最快的飞行器将获得 1 万美元的奖励。1 万美元可是一笔不小的奖励，只有打破最快飞行记录的竞争者才能获得。"

"我当然很想去试试。"汤姆说，"可现在我仅有一架很小的单翼机——'蝴蝶号'。它的速度虽然非常快，但是随着航空制造业的发展，速度更快的飞机可能已经产生了，我害怕如果用它去参加比赛会被远远甩在后面。我可不愿看到这种结果。"

"不，"钢莫先生说，"我想不会出现这种结果。我非常希望你能参加这次比赛，我们一致认为，只有你才能吸引到足够多的观众。我们给出的条件都不能让你心动吗？"

"恐怕不行。"汤姆回答道。

"听我说！"钢莫急切地叫道，"你为什么不专门造一架飞机去参加这场比赛呢？时间还很充足，因为离比赛还有 3 个月。在这段时间内，你能不能造出一架新型的极速飞行器呢？"

汤姆似乎正在考虑这个提议，他的眼睛多了些光芒，这说明他正在深思着。这位秘书似乎把他说动了。

"我知道你以前的很多成就，我相信你一定可以造出一架可以赢得 1 万美元大奖的飞机。"钢莫继续说，"如果你能赢得那个奖，我会非常开心，而且我知道我们协会的同事也会因为你赢得那个大奖而感到高兴。来吧，汤姆·史威夫特，造一架飞机，来参加比赛吧！"

当他停止说话后，一阵脚步声从大厅传来了。片刻之后，一位老绅士打开了书房的门。

"噢！打扰了，汤姆。"史威夫特先生说，"我不知道你有客人在这里。"说完，他就要退出去。

"爸爸，别走。你肯定会和我一样对这件事感兴趣的。这位是钢莫先生，飞鹰公园航空协会的秘书。"汤姆转过头对钢莫先生说道："钢莫先生，这位是我爸爸。"

"我早就听说过你了，"钢莫和史威夫特先生握了握手说，"你和你的儿子在航空协会都是很出名的。"

"他想让我们更加声名远扬，爸爸。"汤姆抢着说，"我想我需要造一架极速飞机去参加比赛，赢得1万美元。"

"呃……"史威夫特先生若有所思地说，"你又要开始造飞机了吗，汤姆？或许你应该去好好休息一下。阿拉斯加的寻金之旅刚结束不久，你还没有喘口气呢，现在又……"

"噢，他不需要马上开始。"钢莫先生急切地解释说，"他有充足的时间去造新飞机。"

"不过，这得看汤姆愿不愿意去做！"史威夫特先生说，"你觉得你可以造出比'蝴蝶号'速度更快的飞机吗，儿子？"

"我想我可以的，爸爸，如果你愿意帮我的话。我已经想到了一部分计划，但是得花一些时间才能完成。我觉得，我可以按时完成飞机的制造。"

"我希望你能试试！"钢莫说，"我可不可以问一下，它将是一架单翼飞机，还是双翼飞机？"

"单翼机，我想。"汤姆回答，"它肯定会比双翼机的速度快得多。如果我想赢得这1万美元，我需要制造一台最快的加速器才行。"

"我们已经有两位参赛选手为这次比赛打造出了急速单翼机。"钢莫先生接着说，"你的飞机会是一种新类型吗？"

"我想是的。"汤姆回答，"事实上，我想做一架最小的单翼机，它只能承载两个人，但最难的是如何让引擎足够轻，而力量足够强大，如果必要的话，它的时速要超过 160 千米。"

"时速 160 千米的单翼机！那绝对不可能！"钢莫大叫着说。

"我会做出比那速度更快的单翼机。"汤姆平静地说，丝毫没有吹嘘的意思。

"那你愿意参加比赛了？"钢莫急切地问道。

"我再考虑考虑。"汤姆说，"我会在几天内给你答复。同时，我也需要更加仔细地考虑一下新飞机的细节问题。我的'红云号'被埋在了阿拉斯加的冰洞里，回来之后我就想着要再造一架。现在，我想我应该开始工作了。"

"希望你能尽快给我答复。"钢莫回答，"我会把你当作一个可能赢得 1 万美元大奖的竞赛选手。参加这样的比赛对你来说没有任何损失，我希望看到你成功！"

钢莫正说着，突然停了下来，仔细地听着，汤姆和他爸爸这时也听见了，透过书房敞开的窗子，他们清楚地听到了轻微的脚步声正在靠近。

"听，有人在外面。"汤姆压低声音说。

"可能是易瑞德凯特，"史威夫特先生说，"很可能是他，汤姆。"

"我觉得不是。"汤姆回答，"他去乡下之前说了，今晚要很晚才会回来。他去给他生病的骡子——回飞棒找药去了。不，肯定不是易瑞德凯特，有人在窗外偷听我们谈话。"他用一种警惕的音调说，接着轻轻地走到窗框跟前，向外看去，但什么也没看到。天已经黑了，在云层的掩盖下，新月也消失不见了。

"看到什么了吗？"钢莫走到汤姆跟前问道。

"没有。"他低声回答，"现在什么也听不到了。"

"我问问女管家——巴盖特夫人，"史威夫特先生说，"可能是她，或者她可能知道些什么。"

汤姆再次向外看去，月亮又从厚厚的云层中显现出来，并发出一丝微弱的光。

"现在能看到什么了吗？"钢莫先生小心翼翼地问。

"还不行。"汤姆小声说，天比较热，窗子完全打开了，只有一层纱网。纱网可以挡住蚊子和其他昆虫。"我什么都看不到。"汤姆继续说，"但是我肯定……"突然，他停了下来。因为当他说到这儿的时候，离窗户不远的灌木丛中发出了沙沙的响声。

"有情况！"钢莫先生大叫道。

"我也听到了！"汤姆回答。

汤姆没有再说别的话，他轻轻打开纱窗，把腰弯得更低（因为书房的窗子是一扇落地窗），汤姆越过窗户跳到了厚厚的草丛中。当他这样做时，他发现灌木丛中的动静更大了，他们非常激动。不一会儿，一个黑色的身影从灌木丛中跳出来，从他身旁蹿过去，沿着小路跑走了。

"喂！你是谁？站住！"汤姆大叫着。

但是那个人没有停下来。汤姆向前跑去，下定决心要去看看那是谁，如果有可能的话，一定要抓住他。

"站住！"他再次大喊。没有人回应。

汤姆是个很好的运动员，在几秒钟内，他就追上了那个逃跑的人。

"我抓到你了！"汤姆大喊着。

但是他没有料到，在那一瞬间，他的脚被露出的树根绊了一下，汤姆脸朝下摔在了地上。

"该死，真倒霉！"他大叫着说。

他快速爬起来，继续追赶那个逃跑者。后者转过头看了一眼，汤姆的脸上出现了一个兴奋的表情。他几乎停了下来，因为这个发现很令他吃惊。

"安迪·佛格！"他高声喊道。安迪这个恶棍总是给汤姆找麻烦。"安迪在窗外鬼鬼祟祟地偷听我们讨论我的新飞机。他到底想干什么？我一定要查出来。"汤姆暗暗下定决心。

第二章

史威夫特先生病了

"是谁？"当汤姆再次回到书房的时候，钢莫先生问道，"是你的朋友吗？"

"不，我不可能和他是朋友。"汤姆冷冷地回答，"是一个叫安迪的坏蛋，这个家伙以前老是找我麻烦。我不知道他想干什么，但肯定不是什么好事。他胆子还挺大的，竟然在窗子外偷听我们谈话！"

汤姆准备去大厅拿一把刷子，把他刚刚追安迪时身上沾的土刷掉。就在这时，史威夫特先生又进来了。

"汤姆，我问了巴盖特夫人。"他说，"她没有到窗下。也不是易瑞德凯特，他的骡子在牲口棚里，所以也不是回飞棒。"

"爸爸，是安迪。"

"安迪？"

"是的，我没抓住他。爸爸，你最好回房间休息。天已经晚了，你看起来很累。"

"我是有些累，汤姆。我想我要去睡了，你和钢莫先生已经谈好了吗？"

"我想，除了发明出新飞机，其他的我们已经谈得差不多了。"汤姆微笑着回答。

"那么你准备参加比赛了吗？"钢莫急切地问。

"我想我会参加的。"汤姆说。

"太好了！"钢莫先生大声说，并上前与汤姆握手。"我没白跑这一趟。明天早上回去后，我会向委员会报告我已经成功了。真的很谢谢你。"他走后，汤姆一直等到爸爸睡下才回到自己的卧室。对于汤姆来说，今天没抓到安迪很让他懊恼，他不知道那个坏家伙为什么躲在书房窗外，但汤姆推测这绝不仅仅是个恶作剧。

"安迪的两个同伙——山姆和皮特可能还在附近，他们一定还想要偷听。"汤姆沉思着，"我想我得去外面看看。"于是，汤姆带着一根从雨伞上弄下来的坚硬的粗手杖，从房间里出来，到院子和房子附近巡视，结果发现空无一人。

"好吧，我想没有人在附近了。"汤姆在院子绕了一圈后说，然后慢慢走回屋子，"我想我吓到安迪了，他不会马上回来的，尽管在我摔倒的时候，他肯定还在嘲笑我。"

这时，汤姆听到有人在房子另一侧的小道上行走。

"谁在那里？"他叫着，并迅速握紧手中的棍子。

"是我，汤姆先生。"易瑞德凯特回答，"我刚从镇上回来，给我的骡子回飞棒带了点薄荷。"

"噢！是你吗，瑞德？"汤姆喘了一口气，用轻松的口气问。

"是我啊，你以为是别人吗？"

"是啊，我以为是别人呢。"汤姆回答，"安迪刚才在附近鬼鬼祟祟地转悠，你晚上要警惕些，瑞德。"

"我会的，汤姆先生。"

汤姆进了另一个房间，他告诉了工程师盖瑞特，要他对任何可疑的事情都要提高警惕。

"现在，我该睡觉了。明天早上我要早点起来，开始设计我的新飞机。"汤姆沉思着，"我要造一架最快的飞机。"

他刚刚进入房间，就听到巴盖特夫人叫他。

"汤姆！汤姆！快点来！"

"怎么了？"他问道。

"你爸爸出事了！"对方惊恐地回答。"他跌倒了，已经没有意识了！快点来！派人去找医生！"

汤姆听到后，飞快地朝爸爸的房间跑去。

第三章

消失的图纸

史威夫特先生躺在床前的地板上，好像正准备上床睡觉，他身上没有受伤的痕迹。汤姆进去后，跪在父亲身边，他对这件突发的事情不知所措。

"怎么回事？什么时候的事情？"汤姆问巴盖特夫人，他托起父亲的头，观察着父亲。史威夫特先生呼吸微弱。

"我也不知道怎么回事，汤姆。"巴盖特夫人回答，"我听到他跌倒了，就赶紧跑到楼上。我看到他躺在地板上，我就喊你了。赶紧找个医生来吧？"

"是的，巴盖特夫人，打电话给格拉比医生，让他尽快过来，顺便叫盖瑞特先生过来，我需要他帮忙把爸爸抬到床上。"

巴盖特夫人很快去打电话，并联系到了医生。医生答应她马上就过来。盖瑞特先生从另一个房间赶来，易瑞德凯特也跟着过来了。

巴盖特夫人让易瑞德凯特去烧一壶热水，以备医生使用。盖瑞特先生和汤姆一起把史威夫特先生抬到了床上，并且把他的衣服脱了下来。

"我想试试用点酒精，看看能不能让他苏醒。"汤姆决定，因为他注意到父亲仍然昏迷着。很快，他就找来了烈酒。汤姆感到有些恐惧、惊慌和悲伤。

在汤姆和盖瑞特先生的配合下，他们给史威夫特先生嘴唇上涂了些药水和酒。不一会儿，史威夫特先生无力地睁开了眼睛。

"我这是在哪里？发生什么事了？"史威夫特先生虚弱地问。

"我们也不知道发生了什么。"汤姆轻轻地说，"你生病了，爸爸。巴盖特夫人已经给医生打过电话了，他会把你治好的，他马上就到了。"

"是啊，我……我病了。"史威夫特先生喃喃地说，"这儿似乎压着什么东西，让我觉得很疼。"说着，他把手放在了胸口上。

汤姆感到莫名的恐惧。他后悔当初在父亲开始出现病症时没有坚持让他到医生那里咨询一下，但愿现在没有太迟。

"医生什么时候能来？"汤姆低声催促说。

巴盖特夫人在房间里紧张地走来走去，然后又去打了一次电话。

"他正在过来的路上。"

没过多久，格拉比医生匆匆走进了房间。他快速地看了看再次陷入昏迷的史威夫特先生。

"你觉得他……他会死吗？"汤姆说。以前，当他独自面对危险的时候，父亲总能挺身而出，而此刻的汤姆不再是一个自信的发明家。父亲病了，他似乎失去了所有的勇气。

"死？胡说！"医生喊道，"他还活着呢，活着就有希望。我很快就会让他摆脱病痛的折磨。"

过了一会儿，史威夫特先生就睁开了眼睛。格拉比医生似乎具有神奇的魔力，大约过了一个小时，他就能坐起来了。

"嗯！我觉得好多了。"史威夫特先生说，他的声音听起来有力多了，"我一点也想不起来发生了什么事。我只记得，在汤姆接待完那个造访的部长后我就上楼了。"

"部长？爸爸！"汤姆惊讶地说，"部长今晚没来过，那是钢莫先生，航空协会的秘书。你不记得了吗？"

"我不记得这么一个人晚上来拜访过，"史威夫特先生茫然地说，"就是部长，我敢肯定，汤姆。"

"部长是昨天晚上来的，史威夫特先生。"巴盖特夫人说。

"是吗？为什么我觉得好像是今天晚上。在和他谈完话后，我就上楼了。那时，天全黑了，然后……然后……”

“这是因为你太累了，”医生断言说，“明天早上，你就会全部想起来的。到时候我还会过来看你。现在，你试着睡一觉。”然后，他留下药和处方后离开了房间。

汤姆跟着医生出来了，巴盖特夫人和盖瑞特先生仍然和史威夫特先生待在一起。

“我爸爸怎么样，格拉比医生？”在医生准备离开的时候，汤姆认真地问，“严重吗？”

“好吧，”医生开口说，“汤姆，如果我不告诉你实情，我也就无法尽到一名医生应尽的义务。不瞒你说，确实比较严重，但还是可以治好的，我觉得你应该让他高兴起来。他的心脏不太好，虽然这是一种很常见的疾病，但有时候也会致命。不过，我觉得你爸爸的情况不至于那样。他的体质很好，如果不超负荷工作的话，是不会发生这种昏迷情况的。现在，他需要休息，然后再采取一些治疗措施。很快，他就会和以前一样了。”

“但是那段奇怪的记忆是怎么回事，医生？”汤姆问。

“不要紧。这是由于他用脑过度了。大脑在抗议，不愿工作了。只要他休息好了，大脑自然就会恢复记忆的。你爸爸一直工作得很辛苦，不是吗？”

汤姆听了医生的话后，紧张的心情稍微缓解了一些，但也不是完全放松，他还要度过一个焦虑的夜晚，每两个小时起来给他爸爸喂一次药。史威夫特先生整晚都沉沉地昏睡着，几乎没醒来过。

第二天早上，医生再次来到史威夫特家。

"你现在好多了！"当格拉比医生再次看到他的病人时说。

"是的，我感觉好多了。"史威夫特先生承认。

"那你记得钢莫先生的来访吗？"汤姆说。

史威夫特先生迷惑地摇了摇头。

"我一点儿也不记得了，"他说，"部长是我记得的最后一个来访的人。"

汤姆看起来忧心忡忡，但医生说那是史威夫特先生生病时的正常症状，毫无疑问会好的。

"你不记得我们怎样谈论那个极速飞机，并且要赢得1万美元的事了吗？"汤姆问。

"我一点儿也不记得这件事。"史威夫特先生茫然地摇着头说，"我不打算去尝试什么急速飞机，至少现在不会。但是汤姆，如果你想要制造一架新飞机的话，我希望能帮到你。我会给你一些有用的建议，或许我新发明的无线电机你能用得上。"

"好了！停下！不能再说发明的事了——至少现在不能再说！"医生打断他们的话说，"首先，你必须好好休息，史威夫特先生，这样你的身体才会好起来，然后，你和汤姆才能制造飞机，到时候，你想造多少就造多少。"

三天后，史威夫特先生感觉好多了，他想马上开始工作，去帮助汤姆设计飞机，赢得大奖，但他不想让医生知道这件事。而汤姆已经开始画草图了，还不时地更改。他也做出了一台发动机，非常轻，是按照他父亲的那个模型做的。最近，父亲的那台发动机已成功申请了专利。

这几天，汤姆一直在画飞机的草图，他对飞机的外形又有了新想法，尤其是在结构上有了新的创意，他相信这种结构能使飞机达到理想的速度。

"我想让爸爸先看一看我的设计图。"他说，"只要他感觉身体还好，我就和他商量如何改进。"

时间又过了一周，汤姆完成了一整套设计，并且在设计中体现出了他的最新想法。汤姆走进了书房，他的父亲正坐在安乐椅上。格拉比医生已经说过了，史威夫特先生现在做少量的工作不会有什么损害。汤姆把图纸拿到父亲面前，然后开始给父亲解释一些细节问题。

"我觉得你的设计中包含了很好的创意，汤姆！"史威夫特先生说，"可以肯定的是，这会是一架非常小的单翼机。通过数据推理，我觉得它一定会很好地运行。不过，如果我是你的话，我会把机翼尖的形状稍微变化一下。"

"不，还是我这种设计好一点。"汤姆高兴地说，其实汤姆很少拒绝父亲的建议，"我去把我制作的模型拿给你看看，我马上去拿。"

汤姆急于证明自己的理论是对的，他迅速跑出书房，去拿他所说的模型。他把卷起来的图纸放在了离父亲不远的小桌子上。

"拿到了！你看，爸爸！"几分钟后，汤姆又走进书房大喊着，"当你弯曲翼尖使飞机螺旋上升时，翼尾就会偏离垂直线，然后……"

汤姆惊奇地停了下来，因为父亲闭上了眼睛，躺在了他的椅子上。汤姆开始有些惊慌，放下模型，跑到父亲身边。

"他心脏病又犯了！"汤姆倒吸一口冷气说。正当汤姆要去喊巴盖特夫人时，史威夫特先生又睁开了眼睛，看着汤姆。汤姆发现父亲的眼睛是明亮的，没有任何生病的症状。

"呃，对不起！"史威夫特先生说，"我肯定是打瞌睡了。汤姆，你前脚刚走，我后脚就睡着了！"

"噢！"汤姆松了一口气，"我以为你又生病了。你看，这就是我设计的那款模型，它必须……"

汤姆突然停下来，开始找他留在桌子上的图纸。可是，图纸不见了！

"图纸，爸爸！"汤姆大叫道，"我把图纸留在桌子上的！它去哪里了？"

"我没有动过它，"史威夫特先生回答，"我闭眼小睡的时候，它还在那张桌子上。我竟然把什么都忘了。你确定它丢了？"

"现在找不到了！"汤姆粗略地扫了一眼房间，"它会去哪里呢？"

"我一直没离开过我的椅子，"史威夫特先生说，"我不应该睡着的，但是……"

汤姆一个箭步冲到落地窗跟前，就是上次追安迪时越过的那扇窗子。窗子是开着的，汤姆发现纱窗也被扯开了。他记得，自己去取模型的时候窗子还是关着的，他对这点非常肯定。

"看，爸爸！你看！"他惊呼着。他从地上捡起一小片纸。

"那是什么，汤姆？"

"是我计算用的那张纸。虽然没什么用，但它是和设计图纸放在一起的。图纸肯定被别人拿走了。"

"你的意思是有人进入房间，拿走了新飞机的设计图纸吗，汤姆？"父亲喘着气问。

"对，一定是这样！在你打盹的时候，有人偷偷溜进房间拿走了图纸，然后从窗子那里跳出去逃走了，而这张纸掉了下来，留在了这里。这是我们唯一的线索。爸爸，你留在这里，我要去看看。"说完，汤姆便从书房的窗子里跳了出去，沿着小路向那个未知的小偷追去。

第四章

令人焦虑的日子

当汤姆沿着砾石路冲过去的时候，他不停地环顾四周，希望能在花园里或灌木丛中瞥见那个不知名的入侵者。汤姆用最快的速度奔跑。其间，又时不时地停下来仔细听，但是他没有听到任何声音传来，只有无边的寂静。

"太奇怪了。"汤姆若有所思地说，"无论是谁，都不可能才跑出去一分钟……不，甚至是半分钟，就完全消失了，就好像在地上打了个洞钻进去了一样。最糟糕的是，他还带走了我的设计图。"

汤姆转过身，按照原路往回走，他仔细地进行了搜索，然而什么都没看到。不一会儿，他转过一个墙角，遇到了易瑞德凯特。

"刚才在附近，你有没有看见任何陌生人，瑞德？"汤姆焦急地问。

"没有，我什么都没有看到，汤姆先生。那个陌生人长什么样子？"

"我不知道，瑞德。但是刚刚有人潜入书房，趁我爸爸打瞌睡的时候，拿走了我的设计图。我以最快的速度去追，但是小偷已经消失了。"

"可能是上次那个强盗，那次他偷偷藏到了你的飞艇里。"易瑞德凯特猜测着。

"不，绝不可能是他。如果要我猜是某个人话，可能是安迪，或者是他身边的那群人。瑞德，你有没有看见安迪？"

"没有，确实没有。如果我看到的话，我早就带着我的回飞棒去追他了。这样的话，他就不会拿走你的设计图了，汤姆先生。"

"不，我觉得这件事没这么简单。好了，我必须回到爸爸身边，否则他会担心的。瑞德，你一定要睁大眼睛，如果你在附近看到安迪或者其他人，你就告诉我，你只需大叫就可以了。"说完，汤姆转身走向屋子，他摇了摇头，对设计图的失踪充满了疑惑。

"找到小偷了吗？"当汤姆走进书房时，他的爸爸急切地问。

"没有，"汤姆失落地回答，"而且小偷没有留下任何痕迹。"

汤姆走到窗户边，仔细检查了窗户四周，想找到更多的线索，但什么都没找到。他仔细查看了窗户下面的地板，还是没有任何发现。窗户外面是砾石铺成的道路，上面非但不容易留下足迹，并且这种路面能让小偷更快地逃跑。

"小偷没留下一丝痕迹。"汤姆喃喃地说，"爸爸，在你打瞌睡的时候，你确定没有听到任何声音？"

"一点儿也没听到，汤姆。事实上，对我来说，能像那样睡着，是相当不寻常的，我想这可能是我的病导致的。但我不可能睡很久……睡着应该不会超过两分钟。"

"这正是我所疑惑的。可是，那时一定有人设法进来了，然后他拿走了新飞机的设计图。但我不明白，他们从外面是如何打开金属纱窗的呢？我们的纱窗是用一个坚硬的钩子固定住的。"

"那个纱窗是开着的吗？"史威夫特先生问。

"是的。要么他们从纱窗的缝隙中伸进一根铁丝，钩住挂钩底部朝上面拉，要么就是有人从里面打开了纱窗。"

"太糟糕了！"史威夫特先生大叫道，"都是我的错，因为我打瞌睡了。"

"不，爸爸，这不怪你！"汤姆说。

"损失很严重吗？"他的爸爸问，"你有没有设计图的复制品？"

"没有，但我还有一些粗略的草图，我就是通过这些草图完成了整个设计。再画一张也很容易。爸爸，我所担心的不仅仅是设计图的丢失。"

"那么，你担心的还有什么，汤姆？"

"事实上，无论是谁拿走了这个设计图，他肯定会知道这些图纸的用途。通过这些图纸，可以为参加一场航空比赛而设计出新的飞机模型。我已经研究出了一套新的理论，而且可以用它来申请专利。所以，偷走设计图的任何一个人，都可以制造出与我想象中一模一样的空中赛艇。到时候，他就会和我一样，拥有赢得1万美元的奖金的大好机会。"

"那确实太糟糕了。汤姆，我从来没有想过这一点。你有没有怀疑的对象？"

"有，我想是安迪。他这个人什么卑鄙的事都能做得出来，但是我认为他应该不会有这么大的胆子闯进来。不过，我要看看能否从他那里找到有关这件事的蛛丝马迹。这段时间，他可能一直偷偷摸摸藏在附近。如果他拿到了我的设计图，他会立即回去制造空中赛艇，然后用它来打败我。

"哦，汤姆，真是很抱歉！"史威夫特先生叹道，"我对此深表歉意！"

"爸爸，没关系！"在看到他的父亲生病的样子后，汤姆再次说，"不要想那么多了，爸爸。我会把那些设计图拿回来的。来吧，现在吃药的时间到了。吃完后，你必须躺一会儿了。"这时的老发明家看起来确实很累、很虚弱。

几天后，当确定父亲的病情已经稳定下来了，汤姆就出发去找安迪。

"不查出是不是他拿走了我的设计图，我绝不会善罢甘休。"他自言自语地说，"我不想等到我造好了这款比赛用的飞行器后，才发现安迪或者他的同伙已经按照我的设计图造出了同样的一款。

但是汤姆从安迪那里并没有得到令他满意的答复。当汤姆指责安迪在他家房子四周转悠时，那个恶霸死活不承认。为了对空中赛艇计划暂时保密，汤姆并没有问他是否拿走了设计图。

安迪为了证明自己没有到汤姆家周围转悠，他又叫来几个朋友作证。他告诉汤姆，在设计图被偷走的那段时间，他和他的朋友正在离史威夫特家很远的地方。

汤姆感到很困惑，虽然他还是不相信这个红头发青年的话，但他也没办法拿出有力的证据。

"如果不是他拿走了设计图，那会是谁呢？"汤姆若有所思地自言自语道。

问完这件事后，汤姆便转身离开。就在这时，那个恶霸大叫道："你永远都赢不到那 1 万美元！"

"你怎么知道我不会呢？"汤姆问道。

"哼，我就是知道。"安迪冷笑道，"会有人制造出更大更好的飞机去参加比赛，你不会赢得那个大奖。"

"我想你一定在我们家窗户外偷听过，所以知道我的计划吧！"汤姆说。

"不要管我是怎么知道的，反正我已经知道了。"恶霸反驳道。

"好吧，我要告诉你一件事。"汤姆镇定地说，"如果你再来我家周围转悠，你的身体可能会遭受痛苦。如果你下次还想过来偷听，请注意高压电线，安迪！"警告完毕后，汤姆转身走了。

"安迪，你觉得他是什么意思？"安迪的一个密友皮特·贝莱问。

"他的意思是，他会在他家房子周围装上电线。"山姆·斯奈德克说，"如果再去那里，我们会触电的，所以今后还是不要去了吧！"

"我也觉得我们最好不要再去了。"皮特补充道。安迪很不自在地笑了笑。

汤姆听到了他们之间的讨论。于是，在接下来的几天，汤姆在房子附近铺设了很多电线。但这些电线并不带电，只是为了让安迪和他的那些同伙见到后会望而却步。

可是所做的一切，都为时已晚，因为无论汤姆再怎么增加预防措施，他的设计图纸也无法再找回来。汤姆为寻找设计图，已经度过了好几天焦虑的日子。然而，设计图似乎已经人间蒸发了。汤姆决定重新画一张设计图，因为现在他别无选择。

他又开始了认真地工作，与此同时，他仍然在思考是不是安迪拿走了设计图。他找到了好友尼德·牛顿，希望他能通过一些秘密渠道寻找图纸的下落。但是查找工作一点头绪也没有，最终，这种毫无方向的行动没有带来任何结果。

第五章

建造空中赛艇

这天，在汤姆的工作车间外，尼德和汤姆在讨论一个问题。

"汤姆，如果你已经把小型单翼机制造完成，准备去参加比赛，然后你发现比赛队伍中有一架飞机和你的非常相像，你会怎么办？"尼德问道。

"我也不知道我能做什么。当然，我会继续参加比赛，而且我会对原先的设计做改进。我设计的飞机一定会在比赛中表现突出。到比赛的时候，我就知道到底谁偷了我的设计图。"汤姆回答道。

"但那时就太迟了！"尼德说道。

"是的，对于阻止他们使用设计图而言，确实是太迟了，但对于惩罚小偷而言并不迟。这件事对我的影响很大，我肯定会在比赛时焦虑不安。”

"你什么时候开始造你的空中赛艇呢？"

"很快就开始，现在我已经设计出了另一套方案，并且做了一些特殊的处理，即使它再被别人偷去，对他们来说也将毫无用处。"

"这是怎么回事？"尼德不解地问道。

"我在里面加了一些错误的数据，例如尺寸、线段和曲线的刻度，这些都毫无价值。我把正确的数据和线条用一种秘密的标记标出来了。在我制造飞机的时候，我会用正确的那组数据。但是别人都不知道这组正确的数据。哼，这次我要整整那些小偷！"汤姆自信地说道。

"希望你成功！对了，在你造好飞机之后，我很想体验一下。它可以像你的'蝴蝶号'一样载两个人吗？"

"可以，但是它将会有很大的不同，它的速度会更快。我一定会让你体验的，尼德！现在我要开始准备机身材料，因为我要造出一架世界上最快的飞机。"

"你一定会成功的！现在，我必须要走了，别忘了你的承诺。对了，我在过来的路上看到玛丽·尼斯特了。她向我问了你的情况。她说你肯定很忙，因为这段时间她都没有见过你。"

"噢！"汤姆的脸红了。

当尼德走后，汤姆便拿出铅笔和纸，开始做复杂的计算。

他在白纸的边缘画了一些奇怪的微型草图，还列出了制作新飞机所需要的物品的清单。

这项工作完成以后，他就去找工程师盖瑞特。汤姆让盖瑞特先生把这一大堆需要的东西找来，并放到他的私人车间里。

"我希望我能用最快的速度把飞机组装好，"他对工程师说，"因为在比赛前我还需要进行试验，而且我还需要时间找出一些需要改进的地方。"

盖瑞特先生答应马上去完成汤姆交代的事。然后，汤姆去找父亲讨论螺旋桨和发动机的问题。

史威夫特先生在过去的几天里身体变得好多了，尽管格拉比医生说他离完全康复还需要一段时间，但做一些简单的工作应该没问题。

他和汤姆仔细讨论了汽油发动机的参数，商量如何把散热器安装在气缸上，以便让气缸更好地散热。这时，门外传来了易瑞德凯特的声音。

"喂！你去哪里？"易瑞德凯特大叫着，"你要去哪里？"

"有人在外面的花园里！"汤姆跳起来大叫道。

"或许正是那个偷走设计图的人！"史威夫特先生提醒道。

"站着别动，先生！"易瑞德凯特又一次喊道。

然后，只听有人回答："可怜的保险金！发生什么事了？最近来窃贼了吗？为什么会有这些防范措施？可怜的加热器！

你不认识我了吗？"

"戴蒙先生！"汤姆喊道，脸上露出高兴的笑容，"戴蒙先生来了！"

"我想的确是他。"史威夫特先生笑着回答，"奇怪，易瑞德凯特为什么没认出他？"

不过，他们很快就明白原因了。汤姆从书房的窗子往外看，看到易瑞德凯特前面站着一位穿着讲究的绅士。

"天哪！是戴蒙先生！"易瑞德凯特大声叫道，"我不知道是你，我没认出来，因为你的脸……"

"可怜的剃须刀！我想应该和脸上的胡子有关系。"这位古怪的男人说，"是的，我的妻子觉得我留着胡子看起来更好看、更稳重。为了让她高兴，我就把胡须留了起来。但我不喜欢它，这样的天气留胡须太热了。对吧，汤姆？"戴蒙先生向汤姆和他的父亲挥了挥手，他们正站在书房的落地窗前，"太热了，可怜的手指甲，真的了！"

"我同意你的看法！"汤姆大声说，"进来吧！见到你真是太高兴了！"

"我这次来是想问问你是否愿意再去北极旅行，或者说去北极圈附近。"戴蒙先生继续说。

"为什么？"汤姆问。

"为什么？只有去北极地区，我的大胡须才能派上用场啊。它肯定会让我的喉咙和下巴保持温暖。"戴蒙先生用手摸了摸他的胡子。

"现在可不能进行北极之旅，"汤姆说，"我即将要造一架极速单翼机，去参加飞鹰公园的大型比赛。"

"噢，我听说那个比赛了。"戴蒙先生说，"我也想参加。"

"好啊，我准备建造的飞机可以载两个人，"汤姆继续说，"如果你觉得你能忍受每小时100多千米的速度，或许更快些，我就带着你进行比赛。有一些比赛允许乘客参加。"

"你有剃须刀吗？"戴蒙先生突然问。

"你要剃须刀干什么？"史威夫特先生不知道这个古怪的男人想做什么。

"你说呢？可怜的剃须刀！我要把我的胡子刮了。如果我要乘坐时速100多千米的单翼机，我可不想因为我的胡须给飞机增加阻力，我的胡须肯定会妨碍飞机的正常飞行。"

"噢，时间还早呢，"汤姆笑着解释说，"比赛在两个月之后才会举行。不过，我觉得你没胡须的确会更好一些。"

汤姆讲起了这场比赛，同时把设计图被偷的事告诉了戴蒙先生。戴蒙先生想马上去抓安迪，但是史威夫特先生和汤姆告诉他还没有找到证据。

汤姆说道："我们目前唯一能做的就是要提防着他，并且要留意，看他是否也要造一架飞机，他有一切所需的设备。安迪一直想要超过我。如果他参加了这次飞行比赛，我就敢肯定是他偷了我的设计图。"

日子一天天过去了。在工程师盖瑞特及身体已稍微恢复一些的父亲的帮助下，汤姆开始建造他的极速小飞机。

"我制造这架飞机的主要目的就是用于比赛。"他对盖瑞特先生说，"飞机马上就要建成了！毫无疑问，这架飞机的速度可以达到每小时 160 千米。"

"我相信你。"盖瑞特先生回答，"你和你爸爸建造的发动机，它的轻盈度和功率都让人震惊。"

事实上，这架单翼机非常轻盈，就像一个大模型，而不像一个真正用来载人的飞机。不过，检验显示它确实很强大，就像钢架桥一样坚固。原因是它采用了一种支撑和牵拉的新方法。

"你打算给它起个什么名字？"在制造飞机大约两周后，盖瑞特先生问。此时，他们准备开始研究飞机的外观和造型。

"我打算给它取名为'蜂鸟号'。"汤姆回答，"它很小。唉，太小了。"

"我觉得它会帮你把大奖带回家的。"盖瑞特先生说。

日子又一天天过去了，汤姆、史威夫特先生和盖瑞特先生一直在为这架空中赛艇忙碌着，希望也在汤姆心中一天天生长着，但是他却一直无法让自己不去想那份丢失的设计图。

第六章

安迪参赛

一天下午，汤姆正在车间为他的飞机不停地忙碌。他一会儿调整后方向舵，一会儿又停下来观察，然后又接着调整他的小飞机。这时，他听到有人接近。通过一个专门制作的小型观察孔向外面看时，他发现巴盖特夫人急匆匆地向车间跑来。

"发生什么事了？"他大声问，因为他看到那位女管家脸上担忧的表情。汤姆猛地打开门。"怎么了，巴盖特夫人？"汤姆问，"有人闯入我们的院子了吗？"

"不，是你爸爸！"巴盖特夫人气喘吁吁地说，"他又病了，我打不通格拉比医生的电话，一直没人接。"

"我爸爸的病情又加重了？"汤姆担心地问道，然后扔下手中的工具急匆匆地跑出了车间，"瑞德在哪里？可能是电话线坏了，那就叫他去请医生。如果他找不到格拉比医生，就去找库尔茨医生，一定要找一个来。嗨，瑞德！你在哪里？"他提高嗓音喊道。

"我在这里！"易瑞德凯特从花园里走出来。他正在花园里除草。

"快骑着你的骡子去找格拉比医生。如果他不在家，就去找库尔茨医生。快点，瑞德！"

"太抱歉了，汤姆先生，"易瑞德凯特回答，"但是回飞棒瘸了，它跑不成了。我这就去，只是不能骑着骡子去。"

"算了，我驾驶我的'蝴蝶号'去。"汤姆迅速决定说，"我先去房子里看看我爸爸怎么样了，然后再去。瑞德，你去把我的'蝴蝶号'推出来，我驾驶它去。快点儿，瑞德！"

"好的，汤姆先生，我会快点！"

易瑞德凯特知道怎样给这架单翼机做好飞行准备，因为他经常那样做。

汤姆从父亲的房间出来后驾驶着他的"蝴蝶号"敏捷地飞过了屋顶，飞向库尔茨医生的旧式住宅。库尔茨医生是一个上了年纪但精力充沛的德国医生。有时候史威夫特先生生病时也会请他来治疗。

"与'蜂鸟号'相比，我的'蝴蝶号'要大一些，笨拙一些。"汤姆划过空中时嘴里自言自语着。他一会儿飞得高，一会儿飞得低，仅仅是为了练习。"这架飞机还不错。不过，等我的新飞机问世，我就要让人们知道什么叫速度！"

汤姆很快到了医生家，并找到了库尔茨医生。但医生拒绝坐汤姆的飞机。

"你真不能和我一起乘飞机去吗？"汤姆说，"我希望你能尽快为我爸爸治疗。"

"不行！要我乘坐这个会飞的怪物？绝对不行！"库尔茨医生惊呼，"我都不敢坐汽车，更别说这个悬在上空的东西了。我可不想从天上掉下来，甚至挂到树上。这样吧，我驾驶我的马车去看你爸爸，我的老马跑得很快。可以吗？"

"好吧，"汤姆说，"请您一定要快点儿啊！"

汤姆驾驶着他的飞机很快就回到了家。过了很久，医生那慢悠悠的马车才赶过来。汤姆很高兴地发现，史威夫特先生的情况并没有恶化，尽管他看起来病得不轻。

"你必须要小心照顾自己，否则你的病会更严重，但是，你心情不太好吗？我敢肯定，如果你少工作些会更舒服的。"库尔茨医生对史威夫特先生说道。

"我没有做很多工作，"老发明家回答，"我只是帮我儿子设计他的新飞机。"

"你必须停下来，"库尔茨医生坚持说，"一定要休息，不要帮你儿子设计飞机，休息！"

"我们会像你说的那样做的，医生。"汤姆说，"我们会放弃飞机的事。爸爸，我们不再看设计图或者样品，不再听机器的声音。我们把这件事就此放下吧。"

"能那样做最好了。"库尔茨医生说。

"不，你不能放弃。"史威夫特先生回答，"我想让你参加比赛，汤姆，还要赢得比赛！"

"但是爸爸，如果你生病的话，我是不会那样做的。"汤姆回答道。

"他现在已经病了，"库尔茨医生打断说，"而且情况非常不好。"

"就这么定了。我不去参加比赛了，咱们离开这里，去加利福尼亚州或去加拿大。"汤姆对父亲说道。

"不！不！"老发明家用微弱的声音坚持说，"我很好，单翼机的大部分工作都已经完成了。对吧，汤姆？"

"是的，爸爸。"汤姆回答道。

"那你就继续完成它。没有我的帮助，你和盖瑞特先生也可以完成它。我会好好休息的，库尔茨医生。但是我希望我的儿子去参加比赛，而且我希望他能赢！"

"好吧，只要你按我的要求做就好了。我必须禁止你做更多工作。汤姆和你不一样，他年轻。身体强壮，他可以继续工作。请你听我的话，否则我不会再来为你诊疗了。"然后，医生摇了摇他的大脑袋。

"好的，如果汤姆保证去参加比赛，我就同意。"史威夫特先生说。

"我保证。"汤姆说。

过了一会儿，库尔茨医生就离开了，他给史威夫特先生开了一些缓解病情的药。汤姆感觉父亲的精神好点儿了，然后就回到自己的车间。

"可怜的爸爸。"他想着，"他把我和飞机看得比他自己还重要。好！我一定要去参加比赛，我要赢！"汤姆看上去很坚定。

汤姆继续为他的新飞机工作，这时，他注意到主机翼的一边有些倾斜。

"我走的时候好像不是这样的，"汤姆自言自语道，"难道有人来过这里？会不会是盖瑞特先生？"

汤姆打开门叫易瑞德凯特，他正在花园里除草。

"盖瑞特先生在附近吗？瑞德！"汤姆问。

"不，汤姆先生，我没看到他啊！"

"你刚才进我的车间看'蜂鸟号'了吗？"

"没有，汤姆先生。我一直在花园，从来没去里面。没有你的允许我不会进去的。"易瑞德凯特说道。

"是这样，瑞德。我知道你不会进去。但是你有没有看到其他人进去？"

"没看到，汤姆先生。"

"你一直都在花园里吗？"

"一直在，但中途我曾去牲口棚给回飞棒的瘸腿上擦了些药。"易瑞德凯特回答。

"嗯！有人在我出去的时候溜进来过。"汤姆若有所思喃喃自语道，"我应该给我的门上安个锁，我得马上这样做。这件事让我神经紧张。我不知道这个想知道我秘密的人到底是安迪还是其他人？"

他把车间又匆匆检查了一遍，但除了"蜂鸟号"的机翼位置被移动过外，没有发现其他的问题。

"看起来他们想看看'蜂鸟号'是如何装配及如何运行的，"汤姆沉思着，"但是他们没有动我的设计图，也没有破坏'蜂鸟号'。我唯一确定的就是有人来过，他们可能剽窃了我的一些设计灵感。以后，我必须白天和晚上都要把门锁好。"

接下来，为完善新飞机，汤姆继续忙碌了整整一周。在格拉比医生和库尔茨医生采用新的治疗方案后，史威夫特先生恢复得很好。同时，他也遵守承诺，没有再工作。他整天坐在花园里的安乐椅上，悠闲地打着盹儿。如果他有什么需要，汤姆就会很快过来。

"可怜的爸爸！"汤姆盯着令他骄傲的"蜂鸟号"自言自语着，"我希望他能一直好好的，看着我参加比赛，赢取1万美元大奖！我希望我能做到，但是如果有人依靠那张从我这里偷走的设计图，并建造出一架性能出色的飞机，我的努力很可能会付诸东流。"

两周过去了，汤姆再也没看见安迪，这个红头发的恶棍好像从他的视线里消失了，甚至连他的密友山姆·斯奈德克和皮特·贝莱，也不知道他去了哪里。

"我希望他永远离开，"与安迪住得很近的尼德说，"他真是一个令人憎恶和讨厌的人，我希望他再也不要回到夏普顿。"

然而，安迪终究会回来的。

一天，当汤姆正忙着给他的新飞机安装无线电设备时，他看到易瑞德凯特沿着通往车间的小道急匆匆地跑过来。

"难道爸爸的病情又严重了？"汤姆看到有人找他时总是这样想。他迅速地打开门。

"有人找你，汤姆先生。"易瑞德凯特说。

"谁来找我？"汤姆问，他急忙把手中的设计图藏起来。

"我不知道，但是你爸爸认识他，他是一位绅士。这位绅士让我告诉你他来了。他就在外面。"

"噢，好的，如果爸爸认识他，那就让他进来吧，瑞德。"

"是的，汤姆先生。看，他来了。"易瑞德凯特指着一个沿砾石小径走来的人。汤姆好奇地看着那个陌生人。他觉得有些眼熟，汤姆确信之前在哪里见过他，但是想不起来。

"你好吗？汤姆·史威夫特！"陌生人开心地问候道，"我猜你肯定把我忘了，是吧？"他伸出手和汤姆握了握。

"是的，恐怕我忘了你的名字，"汤姆承认道，稍微有些尴尬，"你的脸很熟悉。但我还是没有想起来。"

"我把胡须剃掉了，"对方继续说，"所以跟从前有些不同。但是你肯定没忘记约翰·夏普，热气球驾驶员，就是你在卡洛帕湖救起的那位，还和你一起制造了'红云号'？我是约翰·夏普。汤姆，你没忘记吧？"

"噢！当然记得！"汤姆惊喜地大喊，"真的很高兴看到你。你来这里做什么？快进来。我有东西要给你看。"汤姆带着夏普先生来到放置"蜂鸟号"的车间。

"噢，我知道这是什么。"经验丰富的热气球驾驶员说。

"你知道？"汤姆显然很疑惑。

"是的。这是你的新飞机。事实上，我就是为了它才来找你的。"

"为了它来找我？"汤姆不解地问道。

"是的。我是飞鹰公园航空协会的成员，也是本次比赛委员会的成员之一。我在飞鹰公园航空协会那里得知你要参加比赛。钢莫先生派我来看看你准备的怎样了，而且我们需要你提交参加比赛的正式申请书。"

"噢，原来现在你和他们在一起工作。"汤姆问，"太好了，我很高兴知道我在委员会中有一个朋友。夏普先生，我的飞机制造得很顺利。过不了多久，我就要准备试飞了。你来看，我觉得它像一只鸟，像一只可以控制的蜂鸟！因此，我给这架小型单翼机取名叫作'蜂鸟号'。"汤姆兴奋地说。

"飞机的造型确实很新颖，"夏普先生承认道，他打量着这架轻盈的小飞机，"顺便说一下，夏普顿不只一支代表队。"

"这是怎么回事？我以为我是镇上唯一参加比赛的。"

"不，我们还接受了安迪参赛。"

"安迪！"汤姆惊讶地喊道，"他也参加了其中一个比赛项目吗？"

"是的，而且是1万美元大奖的那个项目。"热气球驾驶员说，"他非常正式地提出了报名申请，我们已经批准他参赛了，我们必须接受任何人的申请。汤姆，怎么啦？你不支持他吗？"

"不支持他？夏普先生，让我告诉你一件事。前一段时间，在我家，我的飞机设计图被偷了。我怀疑是安迪做的，但是我没有证据。现在，你说他要参加大奖赛，你知道他参赛的飞机是什么类型的吗？"

"是一架小型单翼机，有点像安托瓦内特的那个。不过，我猜他后面可能会做一些改变。"

"那么，一定是他偷了我的设计图，他做的那个飞机和我的这个一定很像！"汤姆坐在工作台上，凝视着热气球驾驶员，一会儿又凝视着"蜂鸟号"大喊道，"安迪想窃用我的设计，制造出和'蜂鸟号'一样的飞机参加比赛，然后打败我！"

第七章

寻找线索

约翰·夏普非常吃惊，他没想到自己带来的消息竟让汤姆产生如此巨大的反应。尽管汤姆一直怀疑安迪和失踪的设计图有关，但他没有确凿的证据。事实上，近日来，由于那个红头发的汤姆在夏普顿附近没有出现过，因此在一定程度上，汤姆对安迪的怀疑慢慢减少了。然而，此时此刻，他所担心的问题最终还是发生了。

"你真的认为是他在捣鬼吗？"夏普先生问。

"我确信，"汤姆答道，"但我不知道他会在哪里制造飞机，因为我没有在镇上见到过他。他似乎已经离开了。"

"你确定吗？"夏普先生又问。

"不是非常肯定。"汤姆回应道，"我只是听别人说他没在镇里。"

"有时，谣言是不能相信的。"热气球驾驶员认真地说，"我从官方得到的消息是，安迪已经进入竞争 1 万美元大奖的名单里，这是飞鹰公园航空协会提供的名单。我是这个比赛委员会的委员，所以我知道参赛者的信息。我也知道，你和其他几位参赛选手都将为这个大奖而努力。这些都是我非常肯定的。"

"现在，当你告诉我失踪的设计图的事，你说安迪在暗中捣鬼，我同意你的看法。但仔细想了想之后，我根本不相信他离开了夏普顿。"

"为什么不相信呢？"汤姆问。

"因为他家的后院里有一个飞机棚。你告诉过我，上次为了在阿拉斯加的旅行中打败你，安迪在那个棚子里制造过一架三翼飞机。你仔细想想，他为什么不在这个飞机棚来制造新飞机呢？"

"你说得有道理，"汤姆吞吞吐吐地承认，"但是大家都说他没在镇子里。"

"好了，大家说的不一定就是对的。我想你会发现，安迪可能正过着隐居的生活。他在为制造新飞机秘密地工作着，他的目的就是在比赛中打败你。"夏普先生肯定地说道。

"你说的都是真的吗？"

"当然是真的，你最近没有到他家房子周围看看情况吗？"

"没有，我已经够忙了，没有时间去关注他。"汤姆回答道。

"那么，我建议你到他的工作棚去看一下。如果发现安迪有侵犯你专利的做法，你可以强行禁止他。你有没有得到这个模型的专利权，我能拿走它吗？"夏普先生对汤姆建议道。

"哦，是的。在设计图被偷的时候，我还没有获得专利权，但是之后我就成功申请了专利保护，我可以用这种方法对付他。"汤姆说道。

"所以，你就按照我的建议，去安迪的工作棚看一看。或许，你会发现安迪正在里面秘密地工作，尽管他的好友都觉得他已经离开夏普顿了。"

"我想我会去的。"汤姆同意道。他决定按照夏普先生的建议去查看一下。汤姆清楚地记得，有一次他和尼德·牛顿去观察安迪的工作棚，但是由于那个恶霸的阻挠，差点给他们带来灾难性的后果。所以，这次他打算和热气球驾驶员商量一下，怎样去实施这个计划。尽管这次行动要冒很大的风险，但汤姆愿意去尝试一下。

"好吧，这件事就这么定了。"夏普先生说，"汤姆，告诉我更多关于你和你的飞机的事吧！我想起了'红云号'，可惜它已经被毁了！那真是一架极好的飞艇！"

"它确实非常好，"汤姆同意说，"总有一天，我会造一架与它相似的飞艇。但是现在我所有的时间都被'蜂鸟号'占据了。"

"噢，我很想听听。汤姆，你竟然为'蜂鸟号'配置了无线设备，我觉得这样做不好，因为这会超重。你必须尽可能地让飞机更轻盈。"

"不错，但是你看，我有一台非常轻的发动机，那部分是我爸爸帮助我完成的。事实上，它是最轻的风冷发动机，因为它能提供很大的马力，所以飞机能够承担无线装备的额外重量。同时，无线设备是不可缺少的。因为当飞机以每小时 160 千米的速度飞行时，我可能需要无线电信号来引导我。"汤姆向夏普先生解释道。

"原来如此。汤姆，除了无线电设备之外，这架飞机还有其他特别的地方吗？让我见识见识吧。我相信，你肯定会做出一架出色的飞机。"

就这样，汤姆和夏普先生花了很长时间讨论"蜂鸟号"，也谈论了一些过去的事情。夏普先生还去拜访了史威夫特先生。此刻，史威夫特先生感觉非常好，他向夏普先生表达了再次看到老朋友之后的愉悦心情。

"你不能在这里待几天吗？"当夏普先生打算要离开的时候，汤姆问道，"如果能再待一段时间，你就可以帮我找出对抗安迪的方案，你也会见证'蜂鸟号'成功试飞。"

"我也想再待一段时间，但是不能，我必须回大赛组委会了。"夏普先生回答，"祝你好运！比赛之前如果见不到你的话，我会在赛场上见到你。"

夏普先生走后，汤姆决定马上开始策划对付他的老对手——安迪的方案。

其间，汤姆也做了一些秘密调查，但是没有得到安迪的任何消息。他也没有看到安迪的两个好友——皮特和山姆。本来，他打算直接去安迪家寻找信息，不过静心一想，他放弃了这种打算，因为那样做是不明智的。

"我怎样才能发现安迪正在建造的飞机？"一天下午，汤姆沉思着，"我应该尽快行动，如果安迪侵犯了我的专利，我就得马上让他停下来。但我还没有想到应该如何……"

就在这时，工作间外的一个声音打断了汤姆。只听有人大喊道："可怜的牙签！我知道，易瑞德凯特，我的朋友，你没有必要一起来。只要汤姆·史威夫特在这里，我就会找到他。可怜的水平舵！我已经迫不及待想看看他取得的进展了。只要他在里面，我就会找到他！"

"是的，先生，他就在里面。"易瑞德凯特说，"汤姆先生正在为他的'蜻蜓号'工作。"易瑞德凯特总是记不住飞机的正确名字。

"戴蒙先生！"在听到朋友的声音时，汤姆高兴地喊道，"我相信你一定可以帮我找到办法来对付安迪。我之前怎么没想到你呢！你来得正是时候，我有办法啦！"

第八章

空空的工作棚

"可怜的手提灯！你在哪里，汤姆？"戴蒙先生叫道，他走进黑暗的工作车间，一架飞机隐约出现在眼前。现在已是傍晚，天上布满乌云，车间里相当黑。

"你在哪里？"戴蒙先生喊道。

"在这里！"汤姆说，"见到你实在是太高兴了！快过来！"

"啊！这就是你的飞机？"看到"蜂鸟号"时，这个古怪的人惊呼道。原来，自从戴蒙先生上次见过这架飞机后，汤姆又让飞机发生了许多变化。"可怜的降落伞！汤姆，看上去你可以一口气把它吹走。"

"它可比外表强大多了。"汤姆回答，"戴蒙先生，我有些重要的事要跟你说。"

汤姆把夏普先生来访和安迪要参加大赛，还有他自己和热气球驾驶员所怀疑的事全都告诉了他。

"你希望我怎么做？"戴蒙先生问。

"找到线索，对付安迪。"

"好的！我会去找的！我要挫败那个小恶霸和他爸爸，他们曾经想破坏我投资的那家银行。我会帮你的，汤姆！我会把自己当成侦探。"

"还不错，"汤姆赞同道，"但我不希望看到你成为一名流浪者，戴蒙先生。"

"可怜的手指甲！为什么？"

"呵呵，你想想，穿着破烂的衣服去安迪的工作棚一定很不舒服。"

"我不介意。"这位奇怪的绅士似乎为他的计划感到高兴。他和汤姆继续详细谈论了这个计划。然后，他们离开了车间，去了史威夫特先生那里。他们把整个计划告诉了史威夫特先生。经过这段时间的休息，史威夫特先生已经好多了。

史威夫特先生听了他们乔装刺探的计划后说："难道你们不能以真实的身份去安迪的工作棚搜寻证据吗？"史威夫特先生问，"我不是很赞同你伪装成流浪汉。"

"噢，这太有必要了。"戴蒙先生认真地坚持道，"可怜的肠胃！伪装成流浪汉确实非常有必要。原因在于，如果我这样去佛格家，不超过 1 分钟，他们就会认出我，而我不会找到想要的东西。"

"如果你一直说'可怜的什么什么'，"汤姆大笑着说，"无论你伪装成什么，他们都会识破你的。戴蒙先生。"

"你说得没错。"这位古怪的绅士承认道，"我必须改掉我的习惯。我会改的，可怜的头饰！我再也不那样做了，可怜的纽扣！"

"可怜的记性，我相信你能做到！"汤姆笑着说。

"这太难了，"戴蒙先生委屈地说，"但我会努力改正的，可怜的……"

他停了一会儿，看了看汤姆和他爸爸，突然大笑起来。他的这个习惯比他的意识更加根深蒂固。

在接下来的几个小时里，汤姆和他父亲及戴蒙先生讨论了多种行动方案。最终他们决定，戴蒙先生先去了解安迪正在做什么，必要时再伪装。

"如果实在行不通的话，我就扮成流浪者，"性格古怪的戴蒙先生决定，"我要穿上我能找到的最破烂的衣服，可怜的……"但是话没说完，他又停了下来。

"好吧，你准备怎么做？"汤姆问。

"我伪装成流浪汉，然后去佛格家找工作。" 戴蒙先生坚定地回答，"像佛格那样的大户人家，一定需要各种各样的工作人员。我会找到一份想要的工作。"

这次的决定很快通过了。在接下来的几天内，戴蒙先生把自己打扮成另一个角色。他穿了一件非常破烂的衣服，脸上还留着浓密的胡须。他穿着一双又大又重的鞋子，拖着步子，用奇特的方式走着。这样做完全是为了迷惑安迪家的人，为实施自己的计划做好准备。

"现在，我都准备好了。"一天，在完成伪装工作后，戴蒙先生对汤姆说，"我要去调查了，看看我的运气如何。"

戴蒙先生从侧门离开了汤姆家门口的房子，以防有人看到。就在这时，他突然听见有人喊道："喂，你走远点！史威夫特家不允许有流浪汉。我们没有可以提供给你的工作，快走，也没有剩饭给你。所有的工作我和我的骡子回飞棒都已经做了，我们也都需要剩饭，快点走，现在就走！"

"是瑞德，他都认不出你来了。"汤姆咯咯笑着说。

"那就更好了。" 戴蒙先生低声说。这种情况表明我的伪装是很成功的。然而，因为看到一个流浪汉在房子附近徘徊，易瑞德凯特拿起一根结实的木棍向前冲去。他想把那个流浪汉打跑。汤姆立即喊道："那是戴蒙先生，瑞德！"

"什……什么！"易瑞德凯特喘着粗气说。汤姆把情况给他解释了一下，并要求他保密。他惊讶得一句话都没说，转身回去了。他要去找牲口棚里的骡子寻求安慰。

戴蒙先生究竟去干了什么，他没有透露过。一天晚上，他小心地敲响了史威夫特家的门，汤姆去开了门，见到了他的怪朋友。

"回来啦，"汤姆急切地问，"运气怎么样？"

"穿件旧衣服，跟我来，"戴蒙先生说，"我们看起来要像两个流浪汉。如果我们被发现，他们也认不出你。"

"你已经有什么发现了吗？"汤姆急切地问。

"还没有。不过，我有一把钥匙，能打开那个工作棚的一个侧门，我们可以在晚一点的时候，等人都睡了，去里面看看。"

"钥匙？你怎么拿到的？"汤姆问。

"这你不用管，"戴蒙先生轻笑道，"不过，拿到这把钥匙应该归功于我的伪装。我今天没有说一句'可怜的'什么。我们得赶快走，我觉得好戏正在上演。但是得快点，不然就太迟了。"

"你还没进到工作棚里去看看吗？"汤姆问，"你不知道里面有什么？"

"不知道，但我们很快就会知道的。"

汤姆很快去找了一件最破旧的衣服，把它穿上，然后他和这位古怪的绅士一起向安迪家的方向出发了。他们走到能看到工作棚的地方停下了脚步。因为他们看到，安迪家还有一盏灯亮着。过了一会儿，当整个房子都黑了的时候，他们小心地靠近了那个巨大而黑暗的工作棚。

"这边！"戴蒙先生小声说，"我有这扇门的钥匙。"

"但是进去后，我可能什么都看不见。"汤姆说，"我们应该带一盏光线比较暗的灯。"

"我口袋里有手电筒，"戴蒙先生说，"可怜的蜡烛！幸亏我想到了这一点。"他高兴地笑起来。

他们在黑暗中小心翼翼地前行。戴蒙先生摸索着打开了锁。在开门的时候，钥匙发出了吱吱的摩擦声。门朝里面打开了，然后，汤姆和戴蒙先生走进了安迪的工作棚里。汤姆之前的猜想和推测马上就会得到证实了。在工作棚里，他们会看到什么呢？

"用手电筒照一下。"汤姆对戴蒙先生小声说。

戴蒙先生从口袋里拿出手电筒，按下了开关。瞬间，手电筒射出一道明亮的光线，就像切割黑暗的一把利刃。戴蒙先生把四周都照了照。

然而，令汤姆和戴蒙先生惊愕的是，工作棚里面没有宽大的白色机翼，也没有用帆布盖着的机身，只有空荡荡的墙壁和墙角的几堆垃圾。他上下左右又照了一遍。

"这里什么都没有？"汤姆喘着气说。

"我……我想你说对了！"戴蒙先生同意道，"工作棚是空的！"

"那么安迪在哪里造他的飞机呢？"汤姆小声地问，但戴蒙先生也不知道答案。

第九章

试 飞

汤姆和戴蒙先生呆呆地站在工作棚里，惊讶得都不知道说些什么。他们盯着这个空荡荡的工作棚，简直无法相信眼前的一切。他们原以为在这里可以看到某种类型的飞机。一开始的时候，汤姆甚至非常肯定自己能看到根据被偷的设计图制造出来的"蜂鸟号"的复制品。

"工作棚里什么都没有，这怎么可能？"安静了好一会儿后，汤姆才开始说话，他似乎无法接受这个事实。

"显然什么都没有，"戴蒙先生回答，他朝大棚中间走去，又向四周照了照，"你也看见了。"

"安迪建造飞机的地方确实不在这里。"汤姆说，"即便是一架比我的'蜂鸟号'还小的飞机，他也不可能把它藏到角落的垃圾堆里吧。唉！确实不在这里。"

"哈哈，或许就在垃圾堆里，我去看看能不能发现什么线索。"戴蒙先生说。

突然，工作棚大门附近传来噪音。

"快过来！"汤姆低声喊道，"有人来了！我们可能会被发现！咱们快出去吧！"

戴蒙先生迅速关上了手电筒。待他们的眼睛适应了黑暗之后，他和汤姆就偷偷地来到刚才进来的那个门口。他们小心翼翼地打开侧门，接着又听到了喧闹声从正门传来。

"有人进来了！"汤姆小声说。

他还没说完，一簇亮光就从发出声音的地方照射过来，这是那种普通的大灯笼发出的光线。接着，有人进入了工作棚。

"你能看到是谁吗？"戴蒙先生低声说，他急切地张望着，由于紧张，他的脚踢到了木制的墙上，发出了响声。

"谁在那儿？"突然，提灯笼的人喊道。他把灯笼高举过头顶，以便照亮每一个角落。借助这道亮光，汤姆正好看清了举灯笼的人。

"是安迪！"汤姆吃惊地喊道。

安迪肯定听到有人说话了。就在汤姆和戴蒙先生往外逃的时候，他立即跟着向前追去。

"站住！你们是谁？"那个红头发的青年提高声音喊道。

"我觉得，我们还是不要告诉他。"汤姆轻声地笑着说。这时他和戴蒙已经跑到了更加黑暗的地方，安迪没有追上来。当他们回头看时，只见工作棚内微弱的光晃来晃去。

"他在找我们！"戴蒙先生惊叫道，"可怜的表链！还好我们跑到了他前面。你确定那是安迪本人吗？"

"当然能确定！不管在什么环境下，我都能认出他，但是我不明白，他最近去哪里了？在忙什么？在哪里制造飞机？我还以为他不在镇子里。"

"他可能是今晚才回来的，"戴蒙先生说，"这是我唯一能给你的回答。我们先暂停这次调查，休息一下。我确定安迪今天并不在家，因为我伪装成流浪汉后，一直在他家的花园除草。如果他在家，我一定会见到。他肯定是刚回来的，去工作棚应该是找什么东西。好了，这次我们已经尽力了。"

"我们确实尽力了。非常感谢你，戴蒙先生。"汤姆点点头，表示同意。

"等下一次得到更多线索的时候，我们再试一次。可怜的鞋带！能像以前那样说话感觉真好。"

尽管这次调查没有取得突破，但汤姆还是很高兴，因为他至少知道了安迪的飞机没有在夏普顿制造。在接下来的两周内，他把时间都花在了完成自己的飞机上面。盖瑞特先生是一个很得力的助手，戴蒙先生也给了汤姆力所能及的帮助。

"哈哈，我想下个礼拜就可以试飞了。"汤姆说。

现在，看到一个近乎完美的"蜂鸟号"，他非常满意。

"你需要一个乘客吗？"戴蒙先生问。汤姆回答："是的，我希望你能和我一起见证这一美好时刻。"

在下面几天里，汤姆仔细地检查了飞机，并做了一些轻微的调整。他拧紧各个连接部位，与此同时，还把发动机彻底测试了一遍。看上去，它似乎可以完美地运行了。

试飞这一天终于来临，他们把"蜂鸟号"从车间里拖出来。尽管这架飞机可以飞起来，但它还有许多地方尚待完善。它的外壳还没有喷绘，内部也没进行过装饰，看起来比较简陋。在这种情况下，之所以选择试飞，是因为汤姆想知道"蜂鸟号"的飞行状况如何，它能达到多快的速度，怎样才能更有效地控制它，以及它的稳定性如何。这架飞机太小了，显得非常脆弱，哪怕出现轻微的失衡，后果可能就是毁灭性的。

试飞开始了。在进入驾驶座之前，汤姆先启动了发动机。

"启动螺旋桨！"汤姆对盖瑞特先生喊道。发动机很快转动起来，修长的桨叶呼呼作响，像一对发光的翅膀。工程师和易瑞德凯特立即闪到了一边。

"走吧！"汤姆大喊。这时，他加大了油门，进一步提高发动机的转速。只听轰鸣声更大了，螺旋桨看起来像一个实心的圆木头。小单翼机开始沿着一条跑道前行，它的速度每秒都在增加。当汤姆拉起翼尖时，它像一只优雅的小鸟渐渐抬起双脚，飞离了地面。

第十章

午夜入侵者

汤姆驾驶着小飞机向斜上方爬升，飞机离地面越来越高，很快飞过了树梢。

史威夫特先生、盖瑞特先生、易瑞德凯特和巴盖特夫人站在地面上，仰头观看。在这次试飞过程中，他们是仅有的几名见证者。当老发明家看到儿子最新设计的飞机在天空中飞行时，他高兴地欢呼着。当然，对于汤姆来说，欢呼的声音实在太小了，他什么也没听到。不过，俯瞰的时候，他看到父亲在向他挥手。

"爸爸真的老了！"汤姆想着，同时也向爸爸挥了挥手，"我希望他的身体能恢复得足够好。这样，他就能看到我摘取大奖了。"

汤姆和戴蒙先生轻松地从天空掠过。现在,可以确定的是,"蜂鸟号"的速度还没有达到最大,因为汤姆暂时不想把发动机发挥到极限。

"感觉太棒了!"戴蒙先生大叫着,"汤姆,坐上这样的飞机,我就再也不想下去了!"

汤姆没有将飞机开出很远,因为他暂时不想把自己的飞机展现在公众面前。为了防止发生意外,他更愿意在自己家附近的上空飞行。因此,他一直在一定的范围内盘旋、绕着"8"字飞行、急速上升和俯冲、急速转弯,全方位测试飞机的性能。

"你还满意吗?"戴蒙先生问。这时,汤姆又做了一次螺旋式下降,但不是在高速的情况下。

"基本上满意吧。"汤姆回答,"但我觉得还能再做一些改进。显然,我还要搞清楚它的最大限速。对于这方面,我还是有点担心,因为制造这架飞机的目的不为别的,就是想要打破速度记录。而现在,我仅仅能知道它能够成功地在空中飞翔。事实上,有许多人都能够做到这一点。但制造一架可以击败一切对手的单翼机就不一样了。我有种感觉,我的飞机目前还达不到这一要求。"

"什么时候能达到?"

"噢,等我再做一些改变,把发动机调试得更好的时候,我就会让我的'蜂鸟号'向世人证明自己的实力。再过两周左右，我要进行一次速度测试，我想让它的速度至少达到每小时160千米。"

"如果试飞的时候速度如此快的话，那我还是待在家里吧。"戴蒙先生说。

"不，我需要你。"汤姆笑着坚持说，"注意了，现在我要给它加一点速度了。"

汤姆加速后，"蜂鸟号"以更快的速度掠过空中，使得戴蒙先生感觉呼吸困难。

"等我让它真正快起来，我们就需要戴护目镜和呼吸保护器！"汤姆大喊着，以便让声音盖过发动机的噪声。接着，他放慢了速度，准备掉头回家。

"真正快起来？刚才那速度还不够快吗？"戴蒙先生问。

汤姆摇了摇头。"你等着吧，我会让你看到什么是真正的速度。"他说道。

不一会儿，他们很平稳地着陆了。史威夫特先生立即跑过来祝贺他的儿子。

"我就知道你能做到，汤姆！"他大声说。

"如果没有你参与设计的那台厉害的发动机，我是无法做到的。爸爸，你觉得'蜂鸟号'怎么样？"

"非常好。噢！这架飞机特别棒，汤姆！"

"确实如此。"盖瑞特先生也同意道。

"这算不上什么，它还有一些改进的空间。"汤姆谦虚地说。

"你只知道飞在空中时很刺激，也不考虑下面的亲戚朋友有多担心，这就是我的想法。"巴盖特夫人说。

"为什么这么说，难道你不想乘坐这架飞机吗？"汤姆问巴盖特夫人。

"给我1万美元我都不愿意！"她坚定地回应道，"哦，天哪！我的土豆快被烤焦了！"紧接着，她就跑进了屋子。

第二天，汤姆开始检修"蜂鸟号"。他把翼尖稍微调整了一下。与此同时，发动机在经过调整之后，其功率比以前增加了一半。

"我需要发掘它的全部力量。"想到参加比赛的竞争者的人数时，汤姆自言自语地说。

因为飞鹰公园的比赛规模非常大，而且非常重要，世界各国的著名飞行员们都会来参加。汤姆知道他必须竭尽所能，不遗余力地完善他的飞机。这样，他的"蜂鸟号"才能达到理想状态，他才有赢得比赛的可能性。

"明天我们会进行真正的速度测试，"一天晚上，汤姆对戴蒙先生说，"我要看看'蜂鸟号'的最快速度。你会来的，对吧？"

"哦，我当然会来。可怜的保险单！我知道你从来不怕冒险，告诉你吧，我也不怕。不过，如果你明天要做这种有挑战性的事，那你最好早点睡觉，把你的精力养足了。"

"哦，我不累。今晚，我还想出去一下。"

"去哪里？"

"哦，去一趟镇上，看看我的伙伴们。"汤姆红着脸说。然而，如果汤姆去镇上仅仅是看看他的男性伙伴，他为什么会这么仔细地挑了一身衣服，打了一条新领带，还在出门前照了照镜子呢？我觉得读者朋友们能够猜到他去找谁了。

汤姆跟尼斯特小姐聊到很晚才回到家，他看了一下停放飞机的车间，确定一切都没问题之后才去睡觉。车间的窗子和门上都已安装了防盗报警器。

汤姆不知道自己睡了多久，突然被床头报警器发出的嗡嗡声吵醒了。一开始，他并没有完全醒过来，还模糊地认为那是发动机发出的声音，因为他梦见自己正在驾驶飞机。

然后，他心里一惊，猛然意识到那是报警声。

"有人闯入了车间！"他大叫道。

他跳下床，穿上裤子、外套和拖鞋，拿了一把左轮手枪就跑了出去，速度快得跟消防员似的。在路过盖瑞特先生的房间时，汤姆猛敲了几下他的房门。

"盖瑞特先生，有人闯入了车间，'蜂鸟号'有危险！"汤姆大喊，"快拿把枪，跟我来！"

第十一章

汤姆受伤了

汤姆穿过大厅前往侧门。从那里他可以更快地到达车间。这时，他看到父亲也从房间出来了。

"发生什么事了？怎么回事？"史威夫特先生问，他那苍白的脸上露出惊恐。

"没什么大事，爸爸。"汤姆尽可能平静地说。他不想让父亲过度担忧，那样对他的身体不好。

"那你为什么这样匆忙？还拿着左轮手枪？我知道一定发生什么事了，汤姆，我要帮你！"

看到父亲目前这种虚弱的状态，汤姆很不希望他来。于是，汤姆说："放心吧，爸爸，没什么事。我好像听到院子里有些吵闹声。为了安全，我已经叫了盖瑞特先生，我要下去看看怎么回事。别担心，盖瑞特先生和我会处理好的。你回去睡觉吧，爸爸。"

汤姆的语气中没有一点紧张感，于是，史威夫特先生相信了他的话，回到了自己的房间。与此同时，听到了汤姆召唤的工程师盖瑞特也穿了一件衣服，拿着他的步枪匆匆赶了过来，还好虚弱的老发明家没有看到。不然，他肯定会更担心的。

"快点！"汤姆小声说，"不要发出声音，我不想惊动爸爸。"

"怎么回事？"盖瑞特先生问。

"我不知道。我只知道报警器响了，在我们到达车间之前，这是我唯一能告诉你的。"

两人一起轻轻地离开了房间，朝着停放飞机的车间飞快地跑去。

"看。"盖瑞特先生大叫，"你刚才有没有看到灯光，汤姆？"

"在哪里？"

"车间侧面的窗户那里。"

"没有，我没注意！哦，就是那里！有人在那里！如果是安迪，我这次一定要逮到他，我发誓！"

"但也许我们抓不住他。"

"或许吧，安迪是个相当狡猾的家伙。盖瑞特先生，你到那边去，把瑞德叫上，让他带个棍棒——不要让他拿枪。告诉他去车间后门守着，我在这里等你，然后我们一起从前门进去。这样就可以两面夹击，那个闯入者怎么也逃不掉。"

在汤姆说话的时候，他看到了一丝微弱的光。光线在车间里面慢慢移动着，还带着一种奇怪的摆动，这表明有人正拿着它。

"去找瑞德。注意，在叫醒他时，尽量不要让他发出声音。"汤姆小声说，因为现在他们离车间很近，可能会被人听到。

盖瑞特先生在黑暗中悄悄地离开了。汤姆慢慢地走近停放"蜂鸟号"的车间。车间里有许多扇窗户，其中一扇比其他的低一些。汤姆记得，曾经在一天下午，在这扇窗户附近，他见过一个箱子。在逮住入侵者之前，他计划踩到那个箱子上面，先朝里面看看情况。

汤姆踩到那个箱子上，慢慢站了起来，直到他可以看到窗户里面。原本车间里的光还能看见，但是当他站到箱子上以后，光就消失了。此刻，车间里一片黑暗。

"难道入侵者已经走了？"汤姆想，"我听不到任何声音。"

他又仔细地听了一会儿，工作车间里又黑又安静。突然，一道光闪过，比之前的光线更亮，汤姆看到有人在新飞机旁边走来走去，仔细地检查着。汤姆看到，那个人拿着一个明亮的钨丝灯，那是一种大型的电动闪光灯，光线特别强。

"不知道他在干什么？"汤姆想，"希望瑞德和盖瑞特先生能快点来。我想知道那家伙是谁，好像之前从来没见过他。

不过，我敢肯定这件事与安迪有关！"

当他看到那个入侵者时，汤姆禁不住倒吸一口冷气，因为入侵者正从他的口袋里拿出一把短柄斧头，朝"蜂鸟号"走去！

"他想毁了我的新飞机！"汤姆惊讶地说。同时，他拿起左轮手枪准备开枪。

其实，汤姆并不想射击那个人，只想开枪吓吓他。并且，听到枪响，盖瑞特先生和易瑞德凯特也就会尽快赶过来。不过，还没等他扣动扳机，他的两个盟友就悄悄地跑过来了，易瑞德凯特还带了个大棒。

"他是谁？"易瑞德凯特小声问，"让我去抓住他，汤姆先生！"

"安静！"汤姆说，"我们得抓紧时间！他还在里面，正准备把我的飞机砍成碎片！你去后门，瑞德，如果他试图从那里出来，别让他跑了。"

"他跑不掉的！"易瑞德凯特自信满满地说，并摇了摇他的大棒。

"快走！我们去前门。"汤姆对工程师盖瑞特小声地说。

"我有钥匙，我们可以把他抓个人赃并获，再把他移交给警察。"

汤姆猛地推开门冲了进去，盖瑞特先生跟在他后面。这时，他们看到"蜂鸟号"前面站着一个举着一把短柄小斧的人，那把斧子看起来很像印第安人的战斧。在飞机精致的框架和机翼面前，他正保持举起斧头的姿势一动不动，似乎正在找一个下手的位置。突然，只见他的手臂开始往下落。

"住手！"汤姆大叫着，并向空中开了一枪。

入侵者转过身子，好像子弹打到他了一样。汤姆见状，心里十分害怕，唯恐那颗子弹真的打中了他。但是片刻之后，入侵者又拿起他的钨丝灯举在前面，让光线全部照在汤姆和盖瑞特先生的身上，而他自己就处于光亮背后的黑暗地带。这时，他朝汤姆和工程师盖瑞特扑了过去，短柄斧头还在他手里。

"小心，汤姆！"盖瑞特先生大叫道。

"让开！"入侵者喊道。

汤姆勇敢地站在原地。此刻，他希望手里拿的是棍棒而不是左轮手枪。入侵者快要接近他了，盖瑞特先生试图用步枪的枪托打他，但是对方却躲开了，并直接朝汤姆冲去。

"小心！"工程师又一次大叫道，但是已经太迟了。只听"砰"的一声，汤姆就像一截木头一般直直地倒下了。然后，车间里陷入了一片漆黑当中，而车间外传来快速逃跑的脚步声。

入侵者打伤汤姆后逃走了！

第十二章

尼斯特小姐来访

"发生什么事了？要我进来吗？有人受伤吗？"易瑞德凯特一边拍打着车间的后门，一边大叫着，"让我进去，汤姆先生！"

"好的！等一会儿！我就来了！"盖瑞特先生大叫着。他在黑暗中仔细辨认汤姆倒下的位置，然后他想到车间里有电灯。在发电机停止工作后，电灯依然可以靠蓄电池供电。工程师盖瑞特快速打开了白炽灯，整个工作车间都被照亮了。

"汤姆，你伤得很严重吗？"盖瑞特先生紧张地问。

汤姆没有任何反应，因为他晕过去了。

"让我进去！让我用棍棒逮到那个入侵者！"易瑞德凯特

愤怒地大叫。

盖瑞特先生知道，把汤姆抬进屋子需要易瑞德凯特帮忙。他有后门的钥匙，于是，他快跑着过去打开了后门，领着易瑞德凯特来到前门。

"入侵者在哪里？"易瑞德凯特喘着气问，他手里还牢牢地拿着棍子，并向四周环顾。"我要亲手抓住他！如果让我抓住，我要让回飞棒踢死他！"

"他已经逃走了，"盖瑞特先生说，"帮我照顾汤姆，他伤得很严重。"

他们赶紧跑到昏迷的汤姆身边。他头部的一侧被砍伤，正在流血，看上去伤得很重。

"他死了！我知道他死了！"易瑞德凯特放声痛哭起来。

"瞎说什么呢，他没有死。不过，如果我们不把他抬进屋子，并且尽快找一个医生为他治疗，他可能真会死的。"盖瑞特先生严肃地说，"把他扶起来，瑞德。小心点儿，动作不要太大，也不要惊叫，我们不要吓到史威夫特先生，就假装汤姆的情况不是很严重，否则，我们就会有两个病人而不只汤姆一个。"

他们一起把汤姆抬到了屋里，与他们担心的相反，史威夫特先生并不像他们预料的那样紧张不安。他镇定地查看了汤姆的伤势，并亲自打电话给格拉比医生，而盖瑞特先生和易瑞德凯特则给汤姆脱了衣服，并把他放到床上。巴盖特夫人烧了一壶热水，以备医生使用。格拉比医生也很快就会赶来。

在医生到来的时候，汤姆稍微恢复了一些意识。"发……发生什么事情了？'蜂鸟号'歪倒砸中我了吗？"汤姆虚弱地问。说着，他用手摸了摸头。

"不，我猜是什么钝器砸到你了。"在大致了解情况后，医生说，"但是不要担心，汤姆，过几天你就没事的。你的头部被砍伤了，好在头骨没有碎裂，这是不幸中的万幸。现在，把药喝下去吧。"他递给汤姆一杯已经调好的药。

不一会儿，伤口被包扎好了，汤姆也感觉好多了，但是他仍然很虚弱，而且有点晕。

"你知不知道那个人是谁？"在格拉比医生准备离开的时候，他问盖瑞特先生。

"一点也不知道，汤姆和我之前都没有见过这个人。但不论他是谁，他的目的很明显，就是要毁了'蜂鸟号'！"

"可恶！还好你们及时阻止了他，但汤姆真是太不幸了。不过没关系，他会很快好起来的。"

"我知道是谁干的！"易瑞德凯特插入进来说。

"是谁？"盖瑞特先生问。

"是安迪。肯定是他派人来这里破坏'蜂鸟号'。绝对是他，我肯定！"然后，易瑞德凯特得意扬扬地咧嘴笑了。

"好吧，或许安迪和这件事有关，"史威夫特先生承认道，"但是我们没有证据，我不明白他破坏汤姆新飞机的目的是什么。"

"确实有可能。"盖瑞特先生同意说，"等到汤姆能说话的时候，我就可以和他一起回忆刚才发生的事情了。"

"最好等到他恢复更多的精力后再做这件事，"医生在离开时叮嘱说，"这几天千万不要刺激汤姆。"

第二天，汤姆的身体恢复得很快。格拉比医生再次过来时，汤姆能够短时间地坐起来了。两天后，汤姆已经可以和他的父亲及盖瑞特先生谈论那个晚上的一些细节了。回了一趟家的戴蒙先生，在听说汤姆的遭遇后便迅速赶来。现在，他也加入了讨论当中。

"可怜的字典！"古怪的戴蒙先生大声说，"希望我在这里能帮上些忙。汤姆，你觉得他是'钻石制造者'中的成员吗？"

"我觉得不是，"他回答，"他们应该采取其他的报复方法，而不是破坏飞机。我觉得，这件事应该与安迪有关。"

"那我们就雇一个侦探，去调查一下他。"戴蒙先生说，接着他又说了几句"可怜的"话。

然而，汤姆不赞成戴蒙先生的计划。现在，他决定什么都不做。又过了几天，汤姆能够起床了，但是仍然处于恢复期，不能离开房间。

这天下午，汤姆对这种监禁般的生活已经相当厌倦了，他希望能够继续完善他的飞机。这时，巴盖特夫人进来了。

"有人来看你了，汤姆。"

"是戴蒙先生吗？"

"不是，是个女孩。她……"

"嗨，汤姆！你还好吗？"一个甜美的声音喊道，玛丽·尼斯特走进了房间，并向汤姆伸出双手。汤姆慌忙站了起来，有些脸红。

"不用！不用！坐在那里就好！"女孩说，"听说你发生意外，我感到很难过。事实上，我今天早上才听说。我和妈妈外出旅行了，今天刚刚回来。如果你觉得可以的话，就告诉我到底发生了什么事吧！但是，别强迫自己。唉！希望我能亲手把那个人抓住！"

然后，尼斯特小姐紧握着她那双漂亮的小手，一口洁白整齐的牙齿紧紧地咬在一起，好像她要做一件疯狂的事。

"我也希望你可以！只要你抓住他，我就有机会报仇啦。"汤姆笑着说，"你放心吧，我现在很好。你能过来看我真是太让我高兴了。你最近还好吗？你的家人们还好吗？"

"他们都非常好。但是我今天过来是想听你说说事情的经过，快告诉我吧！"她担忧地看着汤姆。巴盖特夫人悄悄地到隔壁房间去了。在房间里，她好像在翻书和移动椅子，制造出了很大的声音。

于是，汤姆把事情的经过告诉了她。尼斯特小姐听得很投入，时不时表现出惊恐的神情。

"但是，如果这件事和安迪有关，"汤姆总结道，"我就不明白他的目的了。最近，安迪的行为怪怪的，我们找不到他。我很想知道他在什么地方建造飞机。前不久，我和戴蒙先生费了很大的力气，好不容易进入安迪家的飞机棚。然而在那里，我们什么也没发现。"

"你想知道安迪在哪里建造他参赛用的飞机？"尼斯特小姐问。

"是的。"汤姆认真地说，"对此，安迪似乎隐藏得很深，没人知道。"

"为什么你不写信给夏普先生或者航空协会比赛委员会的人呢？"女孩问，"他们肯定知道，因为你说安迪已经交了正式的参赛申请了。按照这次比赛的规则，安迪需要说明参赛的飞机来自哪个城市哪个州。汤姆，写信给委员会问问吧。"

汤姆盯了她一会儿，然后用拳头猛地敲在椅子的扶手上。

"哦，天哪！玛丽，你真聪明！"他大声说，"我怎么就没想到这个办法呢？我千方百计思考各种办法，甚至想到伪装成流浪汉，偏偏就没有想到这个办法！"

"可能是因为这个办法太简单了。"她有些脸红地回答。

"就按你说的做。"汤姆赞同道，"在关键时刻，女性的思维常常发挥作用。我要马上写信给夏普先生。"

第十三章

与安迪的冲突

汤姆很快写了一封信给夏普先生。他想知道更多关于安迪的事情。前不久，这位气球驾驶员在夏普顿时，汤姆忽视了这个问题，他忘了问安迪在哪里制造飞机。但其实，当时夏普先生也不知道。

在等回信的这段时间里，汤姆继续为"蜂鸟号"忙碌着，他把之前决定要改进的地方都进行了完善。同时，他也开始喷绘和装饰飞机。汤姆希望在正式比赛的时候，"蜂鸟号"能呈现出一种漂亮的外观。

其间，尼斯特小姐又来看望了汤姆一次。戴蒙先生是史威夫特家的常客，他答应汤姆作为1万美元大奖赛中的乘客和他一起参加航空协会的比赛。

这天，汤姆和戴蒙先生把"蜂鸟号"推到了外面的试飞场地。尼斯特小姐也来观看这次试飞。

"或许你可以带着尼斯特小姐进行'割草式'飞行，汤姆。"戴蒙先生建议，"可怜的割草机！那样她就不会那么害怕了。"

"割草式？"女孩问，"什么意思？"

"就是在仅仅几米高的空中飞行。"汤姆回答。现在，他的身体已经完全康复了。

"这个被称为'割草式'的飞行会飞多高？"尼斯特小姐问。从她的语气中，汤姆听出了好奇。

"一点也不高。"汤姆回答，"事实上，'蜂鸟号'会飞得很低。有时候，会低到可以割断长得比较高的雏菊。玛丽，你难道不想试试吗？来吧！不会有危险的。"

"那……我就试一试吧。"她犹豫地说，"我想下来的时候，你能带我下来吗？"

"当然了。"汤姆说，"登机吧，我们要开始了。"

"蜂鸟号"已经蓄势待发。能够再次试飞，尤其和尼斯特小姐一起，汤姆的心情甭提多愉悦了。

"我们就飞两米高，除非你想飞得更高。"汤姆回答，同时他向戴蒙先生眨了眨眼睛。"你可以带把卷尺，在我飞行的时候你自己测量一下，"他对尼斯特小姐补充说，"飞得这么低，高度计无法记录数据，只能靠你的卷尺了。"

　　"好，这个高度就是我想要的，"女孩说。随着汤姆启动螺旋桨，女孩发出了一声尖叫，"我们起飞了吗？"

　　"马上。"汤姆回答。

　　"松手！"汤姆对正在帮助"蜂鸟号"前进的戴蒙先生和盖瑞特先生喊道。他们轻轻推了一下"蜂鸟号"，然后这架精致的小飞机向前冲了出去，速度越来越快。

　　尼斯特小姐显得有些呼吸困难。她看了汤姆一眼，发现他沉着冷静地操作着飞机。渐渐地，她不再那么紧张。

　　"我们马上就要起飞啦！"汤姆对着她的耳朵大声说。这时，他们仍然在地面加速行驶。

　　汤姆轻轻拉了一下控制杆，"蜂鸟号"立即飞了起来。不过，飞得不高，没有超过两米。尽管发动机的转速在不断提高，机翼获得的上升力持续增大，但是汤姆努力让它保持在这样的高度。"蜂鸟号"似乎对这样的近地飞行十分"不满"。

　　飞机在空地上绕着圈，来来回回地飞行，最高也没有超过两米。汤姆看了一眼尼斯特小姐，她的脸颊超乎寻常的红，眼睛里有明亮的光在闪烁。

　　"太棒了！"她大声喊道，"你觉得……觉得再飞高一点会有危险吗？我希望它飞得再高一点。"

　　"我就知道你会这样要求！"汤姆大叫，"遵命，长官！"他拉动了控制机翼的操作杆，飞机突然向上飞去。

　　汤姆明白，一个人一旦不再恐高，那么无论是 30 米还是

300 米，对这个人来说都没有差别。尼斯特小姐现在就是这种情况。于是，他控制飞机，飞到了新的高度。

此刻，他们所处的高度基本不会遇到任何危险。于是，汤姆可以向尼斯特小姐尽情地展示"特技表演"了。紧接着，螺旋式上升、急转弯、"8"字绕行……这次，汤姆没有打算让飞机达到最高的速度，尽管他有信心。但为了确保在试飞过程中不出现一丝危险，他没有继续提速。当"蜂鸟号"降落后，汤姆成功地把一位姑娘变成了忠诚的飞行爱好者。

"噢！我从没想到我可以做到！"女孩骄傲地说。从飞机上下来时，她脸上洋溢着激动的神情，眼睛里还闪着光芒。"妈妈和爸爸都不会相信我可以做到！"

"带他们过来吧，我也会载他们来一次空中旅行。"汤姆在尼斯特小姐离开的时候笑着说。

当天晚上，汤姆收到了夏普先生的回信。在信中，热气球驾驶员写道："在地点一栏中，安迪填写的是汉普顿。在汉普顿的乡村里，他正制造飞机。汉普顿距离夏普顿 80 千米。汤姆，如果你还有什么需要我帮忙的，请你一定告诉我。

"在汉普顿？"汤姆沉思着说道，"安迪的叔叔住在那里。这阵子，安迪一直待在汉普顿，难怪我找不到他。一定是他偷走了我的设计图纸，此刻又在制造飞机。为了对我保密，他远远地躲到了汉普顿。他不会成功的，我要去一趟汉普顿！"

"我和你一起去！"戴蒙先生说。在汤姆阅读夏普先生的回信时，他一直和汤姆在一起。"汤姆，我们很快就能解开这个谜团啦。"

汉普顿是个安静的小镇，镇上大约只有 5000 名居民。在宾馆里，汤姆通过工作人员很快就打听到宾特利先生的地址——宾特利先生是安迪的叔叔。

"宾特利先生是做什么工作的？"汤姆问，他想打听到尽可能多的消息，但又不能让工作人员怀疑到他的动机。

"哦，他已经退休了，"宾馆员工说，"他依靠银行存款的利息生活。但是最近他在家中后院好像建造了一个巨大的建筑，像是一个工作车间。镇上的人们都在猜测他到底在里面做什么。对这件事，宾特利先生守口如瓶。哦，对了，他还有个年轻的侄子在帮他做事。"

"他是红头发吗？"汤姆问。他的心跳莫名地加快了。

"谁？宾特利先生？不，他是黑头发。"

"我是说那个年轻的侄子。"

"哦，他啊？是的，他是红头发。他是宾特利先生的侄子或是其他什么亲戚。我听过他的名字，但是记得不太清了。桑迪，安迪，或者其他类似的名字。"

这些信息对于汤姆和戴蒙先生已经足够了，他们不想冒险再问其他问题。当宾馆员工去忙着接待其他客人的时候，他们转身去了房间。过了一会儿，晚餐时间到了，汤姆快速吃完饭，然后小声告诉戴蒙先生，吃完后要出去一趟尽快到楼上找他。

"你打算去干什么？"戴蒙先生问。

"趁着今晚有月亮，我打算去看看安迪的工作棚。"汤姆说，"我想知道，他的工作棚像什么样子。如果可能的话，我还想进到棚子里面看看。这样一来，安迪是否盗用了我的设计图来制造飞机很快就能知道了。"

"好吧，我和你一起去。可怜的菜单！最近，我们好像做了很多秘密工作。"

"是的。"汤姆赞同道，"戴蒙先生，如果你今晚不停地说'可怜的什么'，请你一定要小声点儿。安迪和他的朋友可能就在工作棚附近巡逻。一旦让他们听到一句'可怜'的话，他们就知道谁来了。"

"哦，我会小心的。"戴蒙先生承诺。

"安迪迟早会发现我们来到这个镇子里，"汤姆继续说，"所以我们的行动要快。今晚，我们尽量调查到我们想知道的事，然后再商量下一步该怎么办。"

没过多久，戴蒙先生和汤姆就假装散步一样出发前往宾特利先生家。宾特利先生住在汉普顿镇的郊区地带。这天晚上，一轮满月挂在天空。如此明亮的夜晚正好适合汤姆观察。路上几乎没有行人。汤姆想，应该没有人注意到他和戴蒙先生。

他们顺利地找到了宾特利先生的住处。在一条小街道的尽头，他们看见一个用崭新的板材搭建起来的工作棚，位于一片很大的住宅区中间。这片住宅区被高高的木栅栏围着。汤姆和戴蒙先生沿着街道走过去，这时，他们发现有一扇门是开着的。

"我要进去看看！"汤姆小声说。

"安全吗？"戴蒙先生问。

"我才不管安不安全，我只想知道安迪在干什么。走吧！我们要试一试！"

他们谨慎地进入围栏。在月光下，巨大的工作棚非常引人注目，里面没有射出一丝光线。

"工作棚里似乎没有人。"汤姆轻轻地说，"我们先走到窗口处，然后往里面看看。"

"好吧，或许这值得一试。"戴蒙先生同意道，"汤姆，我和你一起去。"

他们一点点向工作棚靠近。突然，汤姆踩断了一根木棍，发出很大的响声。

"可怜的眼镜！"戴蒙先生轻声喊道。

一阵沉默之后，只听有人喊道："谁在那里？站住！不要继续向前！很危险！"

汤姆和戴蒙先生站在那里一动不动，安迪和另外一个人从工作棚后面走了出来。

"哦！是你呀，汤姆·史威夫特？"红头发的恶霸大叫，"我早就猜到你是这种鬼鬼祟祟的人。走，杰克！我们好好招待一下这两位客人！"说完，安迪向汤姆冲了过去。

第十四章

大 测 试

"可怜的喉咙！"戴蒙先生大叫，他几乎不知道该做什么，"汤姆，我们最好赶紧离开！"

"我才不走！"汤姆大叫，"我从来没在安迪面前逃跑过，现在我也不打算跑。"

汤姆摆出一种防御的姿势，镇静地站在原地，等着那个恶霸冲过来。但是安迪知道，如果和汤姆正面交锋，自己肯定吃亏。于是，他停下了脚步，跟在他后面的那个人也停了下来。

"你来这里想干什么，汤姆·史威夫特？"安迪问。

"对我的想法，你应该很清楚。"汤姆平静地说，"我想知道，你从我家偷走了飞机设计图，然后用它在干什么。"

"我从来没有偷你的任何东西！"安迪气愤地说。

"好了，我不想和你争辩。"汤姆继续说，"不妨直接告诉你，我来这里就是为了知道你是不是在制造一架单翼机，并且是盗用我的设计方案在制造。你想用这种卑鄙的手段去参加比赛并打败我。安迪，我今天一定要查个水落石出！"

于是，汤姆向工作棚走去。工作棚在月光下隐约出现。

"退后，"安迪大喊道，他挡住了汤姆的路，"我可以制造任何一种我喜欢的飞机，你没有权利阻止我。"

"我倒想试试。"汤姆一边说，一边继续向前走，"我绝不允许别人把我的设计图盗走并按照上面的设计方案制造出一架单翼机，想都别想！"

"你退后！"安迪叫嚷着，然后抓住汤姆的肩膀，并向他的胸部猛地一击。安迪一定非常激动，否则他不敢对汤姆做出这种充满敌意的举动。他心里很清楚，自己不是汤姆的对手，汤姆立刻反击，一拳就将安迪打倒在地。

"你……你敢打我！"安迪咆哮着说。

"是你先动手的。"汤姆平静地说。

"可怜的出气筒！汤姆，好样的！"戴蒙先生欢呼着。

"你会后悔的！"安迪警告。他慢慢地站了起来。"我会和你算这笔账的！杰克，走，把我们的枪拿来！"

安迪转身回到工作棚里，紧随其后的是一个相貌凶恶的人。

"等我们拿到枪，我倒要看看，他们两个还敢不敢继续留在这里！"安迪带着威胁的语气说。

"可怜的火药筒！我们该怎么办？"戴蒙先生说。

"我想，我们最好还是回去，"汤姆平静地说，"我们不是害怕安迪，他说去拿枪只是想吓唬吓唬我们，但我不想把事情闹大。安迪是个鲁莽而且爱无理取闹的人，很容易给我们带来更多的麻烦。戴蒙先生，我们今天的行动，恐怕得宣告失败了，但这让我更加确信，安迪在用我的设计图制造他的飞机。"

"但是，你能怎么办呢？"

"我要去找夏普先生，顺便向航空委员会提出抗议。如果安迪用我的'蜂鸟号'的复制品去参加比赛，那么我就退出比赛。而且，即使他的飞机已经造好，我也会全力阻止他的飞机升空。我们暂时没有足够的证据，所以能做的只有这些事。走吧，戴蒙先生，我们回宾馆！明天早晨，我们动身回家。"

"我有一个主意。"古怪的戴蒙先生轻声说。

"什么主意？"汤姆问，他看了看工作棚的入口，提防安迪和那个叫杰克的人随时出现。

"我站在这里，等他们回来时我就假装逃走。然后，他们会疯狂地追赶我。这时，你可以到工作棚的窗口看一看。最后我们再会合，你觉得怎么样？"

"太冒险了。情急之下，他们可能向你开枪。我不同意这么做，我们一起回去。我会找到更多的证据来证明我的怀疑是对的。"

他们开始向外面走去。正当他们踏上门前的街道时，安迪和他的同伴杰克也跟来了。

"哈哈，算你们识趣，赶紧走吧！"安迪嘲笑着喊道。

汤姆心里有一种苦涩的感觉，他不想在安迪面前撤退，他觉得自己被打败了。

"你最好再也不要回到这里。"安迪继续说。

汤姆和戴蒙先生并没有回答，而是继续保持沉默。第二天，他们就回到了夏普顿。

到家后，汤姆做的第一件事就是查看"蜂鸟号"。在家里，汤姆对父亲说："我现在只知道一件事，那就是安迪可能制造了一架类似'蜂鸟号'的飞机。不过，我不相信他能和我一样，对飞机做出那么多改进，至少他不可能有这样强劲的发动机。对吧，爸爸？"

"我也觉得不会，汤姆。"史威夫特先生回答，他的身体似乎已经好了很多。

"你打算什么时候再次进行速度测试呢？"戴蒙先生问。

"如果我能够把它调试好，明天就可以。"汤姆回答，"根据'蜂鸟号'现在的状况，我想明天进行速度测试应该没问题。测试结束后，我就能确定是否有机会赢得1万美元的大奖。"

第二天，速度大测试的日子终于来临了。汤姆第一次非常严格地检查了自己的飞机。汤姆查看了每一处螺栓、箍子、支柱和立轴。他一遍一遍地检查机翼的每一寸翼面、翼尖和尾羽；对操纵杆、转向盘、自动平衡装置和重力分配装置也是看了又看。

对于发动机的检查则比较麻烦，汤姆不可能把每个阀门、每个凸轮和每个齿轮都检查到位。油箱已经加满，电磁发电机也仔细检查过了，贮油器也被清理干净并重新装满了油。最后，"蜂鸟号"被推到外面，准备试飞。这时，汤姆说："一切都已经准备好了。上飞机吧，戴蒙先生。"

"这次你不找别人和你试飞了吗？"

"当然不找啦，你一直是我的最佳搭档。要知道，你将和我一起参加比赛，所以现在你要好好熟悉飞机的性能，快去坐到你的位置上。盖瑞特先生，准备好计时了吗？"

"准备好了，汤姆。"

"爸爸，你今天觉得身体怎样？如果没问题，请你对盖瑞特先生记录的数据进行仔细校验，我不想看到错误的结果，你可以吗？"

"嗯，好的。汤姆，我可以。"

"太好了。那么，一会儿我就按照这样的计划来做：首先，我会上升到一个合适的高度，然后表演一些特技动作，以便让发动机热身，同时看看运转是否正常。接着，我会扔下这个白色的小球作为信号，以示准备妥当，你们马上帮我计时。下面，我就开始以最快的速度飞行，争取打破纪录。我将按照一个大椭圆形的飞行轨迹飞行，然后……我们就知道结果是什么了。"

当戴蒙先生坐上座位，汤姆启动了螺旋桨。他发现，螺旋桨的推力比以前提高了很多。拉力计上的数值令汤姆十分满意。接着，他登上了驾驶员的座位。

"松手！"汤姆听了听发动机的声音，然后对盖瑞特先生和易瑞德凯特大声说。

"蜂鸟号"沿着跑道快速前进，不一会儿，它就升到了空中。

接下来，汤姆驾驶着"蜂鸟号"到达距离地面600米的高度。在这种高度，飞行环境令他十分满意。紧跟着，为了检测飞机的稳定性和发动机是否正常工作，他进行了一系列严格的飞行测试。

"怎么样？"戴蒙先生焦急地问。

"一切正常！"汤姆对着他的耳朵大声说，以盖过发动机发出的巨大轰鸣声，"再绕一圈我们就要进入速度测试了。准备扔那个信号球。"

汤姆缓缓地驾驶着飞机，绕出了一个优美的曲线。他向下看了看，一眼就看到地面上高耸的白色标杆，这根标杆代表着计时起点。"扔！"他对戴蒙先生喊道。

那个白色的橡胶球像一枚炮弹一样投向地面。盖瑞特先生和史威夫特先生看到后，立即启动了他们手中的计时器。汤姆推动了控制杆，迅速加大油门。大测试开始了！

随着发动机以惊人的速度运转，"蜂鸟号"出现了颤抖，就像一个鲜活的生物。在一个令人眩晕的高度，"蜂鸟号"像一只雄鹰，追捕倒霉的猎物。

"再快些！"汤姆喃喃自语道，"我必须让它的速度再快些。"

发动机已经很好地预热了，一条火花冒了出来。气缸发出的声音已经连在一起变成持续不断的轰鸣声，这架小巧玲珑的飞机越飞越快。

在空中，"蜂鸟号"沿着一个椭圆的轨道，一圈又一圈地盘旋。气流以极高的速度扫过机翼和尾羽，几乎达到了飓风的速度。要不是戴着面部保护罩，汤姆和戴蒙先生根本无法呼吸。10分钟过去了，他们一直保持着这个惊人的飞行速度。汤姆知道发动机已经运行到了极限，于是把速度放慢。接着，他把发动机完全关掉，准备滑翔回地面。等发动机熄火后，过了好一阵子，"蜂鸟号"中的两人都没有说一句话。终于，戴蒙先生开口说："你觉得速度测试成功吗，汤姆？"

"不知道。不过，我们很快就会知道了。爸爸和盖瑞特先生已经把成绩记录下来了。"汤姆回答。

这时，他们正在快速地靠近地面。

第十五章

夜间的噪声

飞机的 3 个机轮在地面滑行一段距离后，终于停了下来。

"我做到了吗？记录的数据怎么样？"汤姆急切地问道。

"做到什么？"盖瑞特先生问，他一直忙着在纸上计算。

盖瑞特先生，速度达到每小时 145 千米了吗？"汤姆焦急地问道。

"比那更好，汤姆！比那更好！"史威特先生大叫。

"是的，"盖瑞特先生补充说，"在综合了我和你爸爸手中的计时器分别得出的数据之后，汤姆，我们算出你的速度已经达到了每小时 180 千米！"

"180 千米！"汤姆大叫，他觉得难以置信。

"我算出的结果是每小时 185 千米," 史威夫特先生说，他几乎和他的儿子一样高兴，"盖瑞特先生算出的速度是 179 千米，我和他中和了一下，所以得出了 180 这个数字。你拥有一架极好的空中赛艇，汤姆，我的孩子！"

"如果要和安迪竞争的话，我必须要达到这样的速度。爸爸，安迪可能有一架和'蜂鸟号'很像的飞机。"

"汤姆，如果他有那样的飞机，你应该想办法阻止他参赛。" 戴蒙先生说。看上去，他还没有从刚才的高速飞行中缓过神来。

"呃，我得保证万无一失。万一阻止不了他参赛，我只能设法在比赛时打败他了。"汤姆说，"不过，'蜂鸟号'的初次速度测试能这么成功，我感到非常高兴。我相信，随着飞行次数的增多，它会表现得更好。现在，我们先让它回到它的'巢穴'吧。等'蜂鸟号'的发动机冷却后，我再检查一遍，看看有没有什么松动的地方。"

接下来的几天，汤姆一直忙着反复检查"蜂鸟号"，并做了一些轻微的改动。他简直是个完美主义者，只要有一点儿缺陷，就会感到不满意。有时候，他爸爸和盖瑞特先生都认为有些地方不需要改进，但是汤姆对自己要求十分严格。他调整了舵柄，使其更容易抓握；改进了自动平衡装置，以便让飞机更快地稳定下来；无线电报机也得到了进一步完善。为了这些小小的细节，他连续几天很晚才睡觉。

无线电报机是"蜂鸟号"的一部分，令汤姆引以为傲。这是因为，尽管当时许多大型飞机上都装有无线电发射装置，但只有少数可以在半空中接收无线电信息。在上次前往强盗的洞穴时，汤姆就发现了无线电报机的好处。因此，他决定在"蜂鸟号"上也安装这样一套装置，以应对紧急情况。由于"蜂鸟号"体型小巧，它上面所搭载的无线电装置也小得惊人。

随着日子一天天过去，汤姆整天都非常忙。事实上，他忙得都没有时间去拜访尼斯特小姐。至于安迪，汤姆没有听到更多关于他的消息，也没有在夏普顿附近看到那个恶霸。汤姆认为他还在汉普顿忙着建造他的空中赛艇。

汤姆向航空协会的比赛委员会写了一封正式的抗议书，抵制安迪仿照"蜂鸟号"的模型制造飞机。没过多久，汤姆就收到了来自夏普先生的回复，信中说赛事举办方会全力保护他的利益。这使得汤姆很满意。

大型航空比赛的时间越来越近了。汤姆的飞机已经做好了准备。他进行过几次试飞，速度每次都有所提高。汤姆在车间的门上加了几把锁，安装了更多的防盗警报器，任何人想在不惊动史威夫特家人的情况下进入"蜂鸟号"的"巢穴"里，几乎是不可能的。

"如果那些坏人敢再来搞破坏，我想我们已经为他准备好了。"汤姆冷冷地说。他一直无法找出上次想破坏"蜂鸟号"的人，但是汤姆怀疑那个恶人和安迪是一伙的。

至于史威夫特先生，有时候他的身体状况很好，有时候又需要请医生检查。

"汤姆，你必须特别小心地照顾你爸爸。"格拉比医生说，"任何一次突然的惊吓或者刺激都会加重他的病情。一旦发生这种情况，他就要动手术了。"

"哦，我们会好好照顾他的。"汤姆说。尽管汤姆承受着很大的压力，但在父亲面前他总是表现出一副轻松的样子。

距离比赛还有不到一周的时间，就在这时，发生了一件奇怪的事情。一天，汤姆驾驶"蜂鸟号"进行了一次试飞，接着他准备把飞机拆分开，以便运送到比赛场地。他不想驾驶这架飞机直接飞到比赛场地，因为害怕中途出现意外。为此，他准备了一些大箱子。

"明天早上，我会把'蜂鸟号'拆分开，然后把它托运到比赛场地。"汤姆决定，在查看了防盗警报器后，他回到了房间，"我和戴蒙先生乘坐其他交通工具到那里，然后把'蜂鸟号'重新组装起来，准备赢得比赛。"

这天夜里，天有些热，汤姆打开了房间的所有窗户。事实上，由于天太热了，睡觉都变成了一件困难的事，他起床坐到窗子附近，希望能感受到一丝微风。

坐在窗子附近确实要舒服些，他很快就开始打盹了。于是，他便想重新回到床上。这时，他听到一些些奇怪的声音。

"是不是刮风了？"他想，"如果是的话就太好了！我正需要凉风。"可是，噪音愈来愈大，越来越像风声。汤姆向外面看去，却发现树叶几乎纹丝不动。

"如果是微风，或许要再过一会儿才会吹到房子里。"他继续想。

声音渐渐逼近了。接着，汤姆意识到那不是风发出的声音，而更像是呼啸声或者是轰隆声。

"会是远处的打雷声吗？"汤姆问自己，"外面没有暴风雨的迹象啊。"他又朝窗外看了看。夜晚还是那么安静，天空还是那么干净，树木一点也没动——像油画一样。

此刻，噪音越来越明显。汤姆的耳朵很敏锐，他立即意识到这个声音来自屋顶——自己所在的房间的正上方。片刻之后，他听出了那是什么声音。

"飞机或飞艇的发动机！"他大叫，"有人在上空飞行！"

一开始，他下意识以为有人闯入了他的车间，把"蜂鸟号"开走了。然而，朝车间一望，又发现那里一切似乎又很正常。

汤姆迅速走到一段楼梯处，楼梯通往一个平台，在那里可以观看屋顶上空。

"我要看看是哪种飞行器制造了噪声。"他自言自语道。

他走上那个小平台，打开活动天窗，声音清晰得让他有些吃惊。他迅速朝上看去，奇怪的现象出现了。

一架小型飞机正在低空飞行，低得几乎要撞到史威夫特家烟囱上的避雷针。就在汤姆向上看的时候，借助飞机上发出的微光，他发现有两个人朝下正看着他。

第十六章

一场神秘的大火

过了好一会儿，汤姆不知道自己在想些什么。令他惊奇的不仅是空中的飞机，还有此刻在夜深人静时，有人飞过他们家屋顶。这种情况有些不平常。然而，他又意识到，在夜间飞机航行已经变得越来越普遍了。于是，他就试着去观察这架飞机。

"真希望我拿着一副夜用望远镜。"他大声说。

"拿去吧。"有人说。这个声音太突然了，以至于把汤姆吓了一跳。他扭头一看，发现盖瑞特先生正站在他旁边。

"你也听到那个声音了吗？"汤姆问盖瑞特先生。

"是的，它把我吵醒了。接着，我听到你走来走去的声音，后来又听到你上这里来了。我想可能是流星雨，然后我想到也许你需要望远镜，所以我把它带来了。拿去看看，汤姆。好像是一架飞机，对吗？"

"是的，而且飞行速度很慢。它好像是在屋顶上空盘旋。"

汤姆透过望远镜向上看去。当看清楚这架神秘的飞机时，他大喊："看，盖瑞特先生，那是一种新型单翼飞机。我从来没见过这种类型的飞机。不知道是谁发明的？它有点像桑托斯·杜蒙特①和布雷里奥②制造的飞机，但是又带有考纽③的直升机的一些特征。这真是一架奇怪的飞行器。"

"确实是。"工程师同意说。此刻，他正透过望远镜往上看。尽管外面一片黑暗，通过望远镜还是能观察出飞机的明显特征。

"你能看出飞机里的人吗？"汤姆问。

"我不能。"盖瑞特先生回答，"你试试。"

但是汤姆也看不出来。这架奇怪的飞机里有两个人，它飞得很慢，并且以史威夫特家的房子为中心，绕着大圈飞行。

"他们为什么在这里闲逛呢？"汤姆觉得有些可疑。

---

① 桑托斯·杜蒙特（1873—1932），巴西航空发展的先驱，是有动力装置的气球和重于空气的航空器研制者和飞行家。在欧洲，他曾被称为"航空之父"。至今，巴西人仍然这样称呼他。——译者注

② 布雷里奥，20世纪初最著名的飞行家之一，曾驾驶自己的单翼机飞出了97千米/小时的高速度。——译者注

③ 考纽是20世纪初世界闻名的直升机制造专家。——译者注

"或许他们想找你谈话，"盖瑞特先生说，"也许他们和你一样是发明家……没准他们中有一个是费城的霍斯默·芬威克先生。你别忘了，他曾经发明了'威泽号'飞艇。"

"不可能是他。"汤姆回答，"如果芬威克先生要找我，他肯定会提前打电话告知我的。我想，他们只是陌生人。快看！他们又绕回来了。"

这架神秘的飞机又一次靠近了观察者所在的屋顶。汤姆听到有脚步声沿着楼梯向他靠近，他父亲上来了。

"出什么事了吗？"史威夫特先生担心地问。

"一架奇怪的飞机在上空盘旋，"汤姆回答，"过来看，爸爸。"

史威夫特先生来到了平台处。现在，飞机飞得高了些，他们很难看清楚飞机里面的人。汤姆隐约感到有些恐惧，好像有一双恶毒的眼睛正盯着他看。他不止一次往停放"蜂鸟号"的车间望去，好像有什么危险正一步步靠近他的单翼机。然而，没有任何迹象表明放置"蜂鸟号"的车间遭到了入侵。

突然，神秘的飞机加快了速度，猛地盘旋着向上飞去，好像在向观察者展示它的能力。然后又向下俯冲，径直朝汤姆发明"蜂鸟号"的车间冲去。

"当心！你们会撞上的！"汤姆大叫道，好像飞机里的人可以听到一样。

然后，神秘飞行器里的驾驶员也仿佛听从了他的警告，飞机在靠近车间的一瞬间，又突然向上飞去。

"这是个奇怪的举动，"汤姆说，"看起来，刚才他们好像失去了控制一样。"

"他们扔了些什么东西！"盖瑞特先生大叫道，"看！有东西从飞机上掉下来了，落在了车间的顶棚上。"

"可能是一些工具，"汤姆说，"我们早上再去拿。看看这架神秘飞机的驾驶员带的是什么工具。我很想查一下这架飞机的来历。"

这时，这架奇怪的飞机在黑暗中慢慢远去了。汤姆用望远镜一直跟着它看，想知道它的结构是什么样的。事实上，他很快就会再看到那架飞机，甚至比他预期的时间还要来得更快。

汤姆回到房间慢慢地睡去，但是睡得不深。还没睡到半个小时，他就听到院子里一阵骚动，还听到了易瑞德凯特的大叫声，以及骡子回飞棒的叫声。

易瑞德凯特到底在大喊些什么呢？

"着火了！着火了！着火了！"

汤姆跳下床，跑到窗口。

"醒醒，汤姆先生！醒醒！飞机棚着火了，'蜂鸟号'快烧掉了！快点！快点！"

汤姆朝外看去。火焰从车间的房顶喷射出来。他的宝贝飞机还在里面！

第十七章

史威夫特先生病情恶化

易瑞德凯特发出可怕的警告声还在空中回荡，汤姆已经冲出了房间。匆忙中，他只穿了一条裤子和一双鞋。他的头脑里只有一个念头，那就是安全地救出"蜂鸟号"。他甚至不在乎工作棚被烧掉，尽管里面有许多珍贵的工具和电器设备。

"我一定要抢救我的新飞机！"汤姆绝望地想，"我要拯救它！"

当跑过大厅时，他顺手抓起一个便携式灭火器。汤姆看到父亲的房门开着，史威夫特先生也走了出来，正往外看。

"怎么回事？"他焦急地问。

"着火了！"回答完以后，汤姆马上想起了医生的叮嘱，他知道父亲不能受刺激，汤姆希望他能重新回答这个问题，但是已经晚了。此外，易瑞德凯特还在院子里用他的大嗓门喊着："着火了！着火了！着火了！"

"哪里着火了，汤姆？"史威夫特先生倒吸一口凉气问道。汤姆觉得，父亲的脸色突然变得更加苍白了。

"放飞机的车间，"汤姆回答，"但不用担心，爸爸，只是一小处地方着火，我们会把它扑灭的。你待在这里，我们去就行了——盖瑞特先生、瑞德和我。"

"不！我要去帮忙！"史威夫特先生坚定地大声说，"我要和你一起去，汤姆。快走！"

汤姆冲到院子里，工程师盖瑞特紧随其后，他也拿着一个灭火器。易瑞德凯特正在东奔西跑，不知道该怎么办，嘴里仍然大叫着。

汤姆匆忙地看了一眼正在燃烧的工作车间。火焰在屋顶上呈喷射状燃烧，而且火势在不断向下蔓延。他快速冲向车间的大门，打算把他的"蜂鸟号"救出来。在奔跑的过程中，他还在想火是怎么从那么高的房顶开始燃烧的。他怀疑，是不是流星掉下来引起的火灾。

汤姆很快打开了门上的锁，迅速拉开了大门。就在他和工程师往里走的时候，他们遇到了令人窒息的烟雾，好像是某种有毒气体。他们被迫退了出来。

"这是……这是什么气体？"汤姆喘着气说，并且不断边咳嗽边打喷嚏。

"是化学气体。我……我也不知道是哪种。"盖瑞特先生呼吸急促地说，"车间里有什么酸性物质吗？高温会使它引起爆炸的，汤姆。"

"没有，我没使用过酸性物质。我们再试一次吧。"

他们又试着往里面走去，却是再一次被那种令人窒息的烟雾给逼了出来。大火正在向下蔓延，屋顶已被跳跃的火舌烧出一个大洞，借着火舌发出的光线，汤姆看到了他的飞机，它就在火焰蔓延的地方。

"我们必须把它弄出来！"他大声喊道，"我要进去！"

然而，进去简直是不可能的。汤姆被毒气呛得快要背过气了，盖瑞特先生迅速把他拽了出来。

"我们不能进去！"盖瑞特先生大声喊道，"这里面一定有鬼！这些气体就是为了阻止我们进去救飞机而制造出来的。这场大火肯定是某个敌人放的！我们进不去！"

"但是我一定要进去！"汤姆坚持道，"我们可以试试后门。"

就在这时，他听到嘶嘶的声音，是易瑞德凯特在火焰上喷洒灭火物质。汤姆朝上看了看，那个坚强的易瑞德凯特正在燃烧的屋顶边缘的梯子上，扮演着消防员的角色。

"有办法了！"汤姆大叫，"走吧，盖瑞特先生。如果我们用化学灭火器灭火，或许就能把这些烟雾驱散了！"

工程师立即明白了汤姆的意思，他拿起带出来的灭火器。汤姆在车间附近也找到了另一个灭火器。这时，史威夫特先生也拿着一个灭火器出来了。

"你不用来，爸爸！我们能够处理！"汤姆大叫，他担心身体虚弱的父亲受到刺激。

"不！我不能站在一边眼睁睁看着车间被烧掉。你们已经控制住火势了吗？为什么不进去把'蜂鸟号'弄出来？"

汤姆没有向父亲提到那种令人窒息的烟雾。这时，他递给易瑞德凯特一个灭火器，因为易瑞德凯特手里的灭火器已经用完了。然后，汤姆又搬出一把梯子，三股灭火物质一起朝火焰喷射。火焰原本已经在房顶上烧出一个相当大的洞，但是灭火物质喷上去后，火焰吞噬的速度让慢了下来。

当看到易瑞德凯特和盖瑞特先生控制住了火势，汤姆就从梯子上爬了下来。来到地上后，他又一次奔向车间的大门，决定再做一次尝试，争取把飞机推出去。这时，火焰已经烧到了墙边上，再过几分钟可能就会烧到飞机。一旦飞机接触到火焰，不用多长时间，这架空中赛艇就会变成一堆灰烬。

汤姆把飞机迅速推到外面，因为"蜂鸟号"就像它的名字一样轻盈。借助陆续熄灭的火焰发出的微弱光线，汤姆发现他的飞机没有大的损坏，只是一个翼尖稍微有些烧焦了。

"真是场奇怪的大火，竟然从屋顶开始燃烧。"盖瑞特先生说，"我在想是什么引起的这场大火？"

"我们明天早上再调查吧，"汤姆说，"爸爸，你现在必须得回房休息了。"他转过身准备帮助父亲回去，但就在这时，史威夫特先生正想要开口说些什么的时候，突然昏了过去。

"快！盖瑞特先生，帮我把他抬进房子！"汤姆大叫，"瑞德，快打电话给格拉比医生！"

半个小时后，医生起来检查了史威夫特先生，神情看起来很严肃。

"史威夫特先生的情况非常糟糕，"医生沉重地说，"大火的刺激加重了他的病情。我想，我需要另一个医生来检查他的病情，汤姆。"

"另一个医生？"汤姆紧张地问。

"是的，我们必须对他进行会诊①。我想库尔茨医生是个很好的人选。我想先听听他的意见，然后再决定采用怎样的治疗方案。"

"我立刻叫瑞德去请他。"汤姆说。很快，他把这件事交代给了易瑞德凯特，接着陷入了对父亲的深深担忧中。

---

① 会诊是指由两个以上不同专科的有一定资历的医生共同诊断疑难病症。——译者注

第十八章

断　桥

　　库尔茨医生在给他的病人做检查时，他的神情看起来和格拉比医生一样严肃。史威夫特先生仍然处于半昏迷状态，呼吸十分微弱。大火扑灭后，汤姆就把他放回到床上了。

　　"好吧，"在一阵漫长的沉默后，库尔茨医生说，"我想听听你的意见，尊敬的格拉比医生？"

　　"我认为必须进行手术。"

　　"是的，我也这么认为。但是你能确保手术安全吗，尊敬的格拉比医生？"

　　格拉比医生点了点头。

　　"这是一种非常少见且技术含量很高的手术。"他说，"不过，我知道有个人可以做这个手术。"

"你是说亨德里克斯先生吗？"库尔茨医生问。

"是的，来自柯克维尔的爱德华·亨德里克斯医生。如果他能来，那么我认为救活史威夫特先生还是有希望的。我会把这件事告诉汤姆。"格拉比医生认真地说。

两位已经探讨了很久的医生把汤姆从另一个房间叫来。在那个房间里，还有巴盖特夫人和盖瑞特先生，他们一直在焦急地等待诊断结果。

"怎么样？"汤姆问格拉比医生。

格拉比医生把他和同伴得出的结论告诉了汤姆，然后补充说："我们建议立刻请亨德里克斯医生来。可我必须要告诉你，汤姆，亨德里克斯医生是位著名的专家，很多人不远千里去找他治病，只是他很难请得到。"

"我会满足他提出的任何要求！"汤姆大叫，"我将用我所有的财产——而且之后我还会得到很大一笔钱——我会把它们都拿出来，只要我爸爸能好起来！钱不会是问题，格拉比医生。"

"我知道，汤姆。只是亨德里克斯医生非常忙，很难能让他来这么远的地方。这里距离柯克维尔超过 160 千米，而且他就住在柯克维尔一处偏僻的地方，如果需要他来这里可能因为交通问题而拒绝。最大的问题是，柯克维尔不通火车，他要到很远的地方才能坐上唯一一列通往夏普顿的火车。"格拉比医生回答道。

"那我就去发电报，"汤姆说，"我会付给他任何他想要的价钱，请求他尽可能快地赶过来。"

汤姆立刻出发了。在匆匆赶夜路的途中，他现在唯一想的就是爸爸。他甚至不愿去想象自己在即将开幕的大赛中的美好前景。

"在爸爸的病好起来之前，我是不会去参加比赛的。"他决定。发完电报后，汤姆也给戴蒙先生发了一封，把家里发生的事告诉了他，并让他来一趟夏普顿。汤姆觉得，戴蒙先生过来后，就能够为他提供帮助。戴蒙先生本来打算一直待在汤姆家，直到他们去飞鹰公园协会参加比赛，但是其间因为生意上的一些事，他回了一趟自己家。汤姆知道，这位朋友第二天一早就会出发，而戴蒙先生确实坐着早上第一趟火车赶来了。

"可怜的灵魂！"这是他见到汤姆时的第一句话，包含着很大的同情，"这一切是怎么发生的？"汤姆把事情的经过告诉了他，从看到火灾时开始说起，史威夫特先生正是因为受到火灾刺激才病倒。

"真希望那个专家可以过来，并治好爸爸。"汤姆说。这时，他的信心又增强了。"格拉比医生和库尔茨医生对亨德里克斯医生给予了厚望。"他说。

"别为我担心，孩子，"已从昏迷中醒过来的史威夫特先生握着汤姆的手坚强地说，"我没事。去吧，去准备你的比赛。

我希望你能赢得比赛！"

汤姆眼里满含泪水。父亲的身体会好到足以让他去参加比赛吗？他觉得不太可能。

在白天，放飞机的工作车间的棚顶被烧出的大洞清晰可见。汤姆和戴蒙先生，还有盖瑞特先生一起绕着工作棚查看了一遍。

"你说你看到神秘的飞机在屋顶上空徘徊后，火灾就发生了，是吗？"戴蒙先生问。

"准确地说，在飞机离开屋顶还没有超过一个小时的时候，火灾才发生的。"汤姆回答，"戴蒙先生，你为什么这样问？"

戴蒙先生没有回答。车间的地板上有一堆熏黑和烧焦的木头。这些木头中，一种东西吸引了戴蒙先生的注意力。他弯下腰，把它捡了起来。

看起来，这个物体有点像小铁球，一根约2厘米长的管子从铁球表明突出来。汤姆拿起它仔细看了看。

"天哪，它看起来像一个饵雷①或者未引爆的炸弹，"他说，"它是从哪里来的？我之前从来没有见过。难道是瑞德从外面捡回来的？我想我最好把它放进一桶水里。盖瑞特先生，请帮我拿一桶水来。我们要把炸弹浸到里面。"

"不用了。"戴蒙先生平静地说，"现在，它没有危险了。

———————————————————

① 饵雷是一种隐蔽的爆炸装置，通常安装在外表无害的物体上。——译者注

它已经发挥了它的作用，那就是点燃你的车间，并且产生令人窒息的烟雾。"

"这就是它的用途？"汤姆大叫。

"是的。这个球是空心的，里面装满了化学物质。它被扔到房顶，一段时间后，管口的塞子会被腐蚀穿透，化学物质会流出来，导致屋顶着火，滴到屋里面的液体会散发出令人窒息的烟雾，这些烟雾就可以阻止你把飞机弄出来。"

"你确定吗？"汤姆问。

"肯定的。我最近读了有关这种炸弹的报道。一个德国人发明的炸弹，专门用在战争中袭击被围困的城市。"

"可是，这种炸弹怎么被放到了放飞机的工作车间？"汤姆问。

"从那架神秘的飞机上抛下来的！"戴蒙先生大声说，"因此，我们也就搞清楚了那架飞机会在你家屋顶上空徘徊的原因了。他们希望在你们睡熟之前，大火不要烧起来。这样一来，你们还没有展开救援，'蜂鸟号'和工作车间就被毁掉了。汤姆，你要注意了，某个敌人仍在背后报复你。"

"肯定是安迪，我敢打赌！"汤姆大叫道，"他就在那架飞机里面！我还有很多账要跟他算！"

"当然，你目前还无法确定就是他干的。"戴蒙先生说，"不过，如果是他所为，我一点儿也不惊讶。安迪想阻止你参加比赛，他很可能做出这样的事。"

"哼，他阻止不了！"汤姆大喊，然后他又想起了生病的父亲。他们在工作车间做了更进一步的调查，发现了另一枚用过的炸弹。这时，汤姆回忆起来，当那架神秘的飞机在车间上空徘徊时，他看到了有什么东西掉下来。

"就是这些炸弹，"他说，"我们真是死里逃生！我一定要去找安迪算账！"

汤姆现在认为，既然打算把"蜂鸟号"运往比赛场地，那么这个车间在短期内就没有用处了。从比赛回来之前，汤姆决定对车间进行一些临时性修补。因此，他只用一片大帆布把屋顶的洞盖住了。然后，汤姆用新的翼尖换掉了那个被烧焦的。接着，他仔细检查了一遍他的空中赛艇，确保状态良好，足以应对即将到来的比赛。

"等亨德里克斯来了，为我爸爸检查完毕，只要他说爸爸的病情稳定，我就可以去参加比赛。"他说。

在他们发现炸弹的几个小时后，格拉比医生来了。格拉比医生来的时候，驾着马车，跑得飞快。汤姆内心隐约浮现出一些隐忧。

"汤姆，我已经从亨德里克斯医生那里得到消息了。"他停下马车，走近汤姆说。

"他什么时候能来？"汤姆急切地问。

"他来不了，汤姆。"格拉比医生回答。

"来不了？为什么？"汤姆问。

"我接到亨德里克斯医生的电报。他说，铁路大桥坍塌了，没有办法来。到夏普顿，没有其他更快的交通工具。汤姆，他不能及时赶来救你爸爸。如果这样，那么你爸爸……"格拉比医生停住了。

"但是亨德里克斯医生不能开车到我家吗？"汤姆问，"即使铁路大桥坍塌了，肯定还有其他途径过河的。他不能先坐船过河，然后再开车过来吗？"

"汤姆，他无法及时赶到了。你不明白，如果亨德里克斯医生要救活你爸爸，他必须在 4 小时之内到达。不论是开车或者坐汽车，沿途有很多地方需要中转，他都不能及时赶到。没有办法。"

"不，有办法！"汤姆突然大叫，"我知道一个办法！"

"什么？"格拉比医生问，汤姆的喊声使他有些激动，"怎么做，汤姆？"

"我用'蜂鸟号'把亨德里克斯医生接过来。"汤姆回答。

"对！不用那么客气地说'接'，直接把他带过来。"格拉比医生说。

"他肯定会来的！"汤姆大叫，"我要用我的空中赛艇把他带来——如果他有勇气乘坐，我想他会有的。我会带亨德里克斯医生来这里的！"说完，汤姆匆忙跑出去，准备这次激动人心的出行。

第十九章

有勇气的专家

几乎没有时间可以浪费了。每延迟一分，史威夫特先生康复的机会就少一分。现在，他的意识变得越来越模糊。

汤姆不再去想父亲死亡的可能性。在开始这趟空中之旅之前，他来到了父亲跟前告别。史威夫特先生几乎都不认识他的儿子了。汤姆满含泪水地来到了到院子。

"蜂鸟号"已经在院子里停放着，盖瑞特先生、戴蒙先生还有易瑞德凯特正在进行检查。在这场与死亡赛跑的比赛开始之前，他们希望"蜂鸟号"能够达到完美的状态。

"我会提前通知亨德里克斯医生你去接他，"当汤姆正在固定头盔时，格拉比医生说，"我相信你不会让我们失望的。"

"他会来的。"汤姆简单地说,好像这件事注定要发生一样。

"你觉得你可以及时赶回来吗?"戴蒙先生问,"虽然飞机每小时的速度大约在160千米,但是你必须飞去再飞回来。你的飞机可以做到吗?"

"如果'蜂鸟号'不能做到,我会为它感到羞愧的。"汤姆咬紧嘴唇,严肃地说,"它必须做到,就这么简单!我知道它会的。"他拍了拍巨大的螺旋桨与闪闪发光的发动机机罩。

"开始吧。"汤姆下令,盖瑞特先生转动了螺旋桨。发动机马上开始运行,空气中响起了气缸的轰鸣声。

"450千克的推力!"盖瑞特先生看了看拉力计大喊道。

"松手!"汤姆咆哮道。这架精致的飞机高速行驶在跑道上,最后,轻轻一跃,飞向了天空。

汤姆的旅程开始了。

地面上的人发出了啧啧的赞叹声,因为他们不想打扰到史威夫特先生。他们向汤姆挥了挥手。汤姆最快的速度飞行着。

汤姆仍然在提升飞行高度,直到"蜂鸟号"进入一个比较理想的气流层。幸运的是,一股微风正朝着汤姆前进的方向吹。事实上,即使遇到强劲的逆风,"蜂鸟号"也能稳步向前行进。

汤姆看到地面正在向后退。他小心地监视着各种仪表,仔细地听着气缸的声音。

汤姆瞥了一眼高度计,上面显示的高度是610米,他决定保持在这个高度飞行,因为这里的视野极佳,他能够更好地沿着朋友为他设置好的路线行驶。

越过城市、乡镇、村庄、农舍，以及绵延不断的森林；越过河流和一大片空旷的无人区。汤姆在寻找一条宽阔的河流，柯克维尔就在那条河附近。找到河流他就知道离目的地不远了。

发动机已经达到最大速度。他没有其他事可做，只需保持正确的航向。

"蜂鸟号"的速度还在增加，但是汤姆希望它更快。他在想很多事：他爸爸，神秘的飞机，被盗的设计图，放飞机的工作车间的大火，大赛，安迪……

他几乎没有注意到时间。其实，不到一个小时，他就看到了人们所说的大河，柯克维尔就在附近了。汤姆心中充满了惊喜。

"你的表现很好，'蜂鸟号'！"他自豪地喃喃道。

这时，他让"蜂鸟号"下降了一些高度。当飞过乡镇时，人们都兴奋地向上空看，而汤姆则在仔细辨认着那个著名专家的房子。当专家的住宅进入视线，汤姆很高兴。他看到一栋小房子被一个大院子围着。

亨德里克斯医生在看到汤姆以这种方式降落到他家门口时，事实上并没有表现出任何震惊。原因并不是因为这位专家习惯了别人驾驶着飞机登门拜访，而是因为亨德里克斯医生十分专注于自己的工作，并且总是不断思考着工作上的事。过了好一会儿，他才表现出一点点惊讶的表情。

"没想到你会驾驶飞机过来找我？"他盯着汤姆的精致小飞机问。不过，我们很难确认他是否真的是在看飞机，因为亨德里克斯医生在几小时前刚做完一个手术，他的心可能根本不在飞机上。"很抱歉你可能会白跑一趟，"他继续说，"我非常想去帮助你爸爸，但是难道你没收到我的电报，告诉你桥坍塌了的事吗？我无法及时赶到夏普顿。"

"不，你有办法！"汤姆急切地大叫。

"什么办法？"

"和我来的办法一样——飞机！亨德里克斯医生，请你一定要和我一起坐飞机回去！你是我爸爸的唯一希望，和我一起乘'蜂鸟号'回去吧，它非常安全。我们可以在一小时内到达目的地，而且飞机上也有足够的空间让你携带治病的工具。你会来吗？你不会不救我爸爸吧？"汤姆相当诚恳地说。

"乘飞机出诊，"亨德里克斯医生沉思道，"我从来都没有做过这样的事。我……"

"不必担心，真的没有危险。"汤姆说。

这位医生似乎突然得到了一个结论，他的眼睛亮了起来。他走过去看了看"蜂鸟号"。这时，他才真正忘记了他的手术。

"我和你一起去！"他突然大喊道，"我和你一起去，汤姆·史威夫特！如果你那么勇敢，我也可以！等我去拿医疗箱。"

汤姆的心底燃起了希望之火。

第二十章

时间刚刚好

亨德里克斯医生返回了他的办公室。汤姆趁机花了几分钟检查他的单翼机。在关键时刻，这架精致小巧的飞机完美地展现了它的实力。

"'蜂鸟号'，爸爸的生命全靠你了！"汤姆对"蜂鸟号"说。接着，他又检查了螺旋桨，看它是否固定得足够牢靠。

当专家再次出现时，汤姆的检查工作已经做完。此刻，亨德里克斯医生的大脑里再次被之前的那例手术占据。

"车准备好了没有？"他心不在焉地说。然后，他看到了小飞机，以及等在飞机旁边的汤姆。"哦，我刚才忘了，我是要进行一次空中旅行。一切都准备好了吗？"

"准备好了。"汤姆回答，"我们将以一个非常快的速度飞行，亨德里克斯医生，你最好戴上这个。"汤姆递给他一个脸部保护罩。

"这是用来做什么的？"亨德里克斯医生好奇地看着它说。

"用来防止空气对你的脸颊和嘴唇造成伤害，这次旅行我们将以每小时 160 千米的速度进行。"

"160 千米的时速！"亨德里克斯医生有些犹豫地说。

"或许还会更快些，如果我能很好地驾驭它的话。"汤姆平静地说。他把那袋沙子从医生要坐的地方移开，然后看了看各种平衡装置和控制杆。汤姆的平静给亨德里克斯医生留下了深刻的印象。

"很好。"亨德里克斯医生耸耸肩说，"汤姆·史威夫特，我想我会喜欢上这种出行方式的。"

医生坐到了汤姆指定的位置上，他把装满医疗器械的工具箱放在膝盖上，戴上了汤姆给他的脸部保护罩，并且听从汤姆的建议，穿上了厚厚的大衣。

"因为高层空气非常冷。"汤姆说。

这时，医生家的管家和司机来到门口，他们从没见过如此新颖的出行方式。这时，那个经常为亨德里克斯医生开车的司机走了过来。

"我可以帮你一把！"司机对汤姆说，"我曾经见过航空比赛，我知道要怎么做。"

"太好了，"汤姆高兴地喊道，"那么请你帮我抓住飞机尾部，当我发出信号时，你就推它一把。"

汤姆自己启动了螺旋桨，并迅速跳上了他的座位。司机拉住"蜂鸟号"，年轻的飞行员让发动机不断加速。

"松手！"汤姆喊道。接着，司机向前推了一下飞机。"蜂鸟号"在医生家相当不平坦的院子里跑了起来。

"小心，我们会撞上栅栏的！"亨德里克斯医生大声喊道，"我们会死的！"他好像要打算跳下去。

"坐着别动！"汤姆喊道，在那一瞬间，他拉起了升降舵，小飞机立即向上冲去，越过了栅栏。

"哇！"亨德里克斯医生以一种奇怪的声音喊道。现在，他们正式开始了拯救史威夫特先生生命的旅行。

亨德里克斯医生的感觉如何，汤姆不知道。但是汤姆相信，如果亨德里克斯医生害怕，那么他的这种害怕很快就会被好奇所替代，而好奇又会随着飞机越飞越高而转变成喜悦。飞机越飞越高，越飞越快，柯克维尔的全貌已经展现在他们眼前，四通八达的道路变成了一条条细线。

"壮观！漂亮！"亨德里克斯医生喃喃自语说。汤姆知道，医生已经喜欢上空中飞行了。

"蜂鸟号"的速度不断增加，他们越过了一条大河，那里的人们正在抢修断桥。汤姆看了看高度计，看到他们在600多米的高空飞翔。

"我们现在速度是多少？"亨德里克斯医生喊道。

"接近每小时 160 千米。"汤姆大声回答，"过一会儿，我们将会达到 170 千米的时速。

他的预测是正确的。在离夏普顿大约还有 60 千米的时候，他们就达到了这个惊人的速度。

"这么快的速度，我们会不会倾覆呢？"那个医生说。

"不会的，我们就快到了，就在这里。"汤姆指着下方说，"我们最多再有 10 分钟就会着陆了。"

"太好了。"亨德里克斯医生说。他知道，老发明家的病情已经很严重了。"我们花了多长时间？"

"51 分钟。"汤姆扫了一眼他前面的一个小挂钟回答。然后，他关闭了发动机，滑翔到地面。这种做法让医生颇为吃惊。

接着，在工作车间前面的院子里，汤姆接近完美着陆。他从座位上跳了下来，说："来吧！亨德里克斯医生！"

亨德里克斯医生跟在汤姆后面，格拉比医生和库尔茨医生来到了门前，他们脸上的表情很严肃，急切地问候这位著名的专家。

"还好吗？"专家急切地问，他们知道他是什么意思。

"你来得太及时了！"格拉比医生轻轻地说。汤姆跟着医生进了房间。他急切想知道，这次和专家的旅行是否是会徒劳无功。

第二十一章

他能活下来吗

很快，大家就开始为史威夫特先生的紧急手术做准备工作了，整个家中呈现出一片忙碌的景象。史威夫特先生已经处于深度昏迷状态，他躺在床上，好像支持不了多长时间了。事实上，就目前而言，汤姆仿佛以为父亲再也醒不过来了。善良的库尔茨医生注意到了汤姆脸上的表情，于是安慰说："唉，汤姆，别担心！一切都会好起来的。鼓起你的勇气，不要放弃，世界上最厉害的外科医生亨德里克斯都在这里，如果说有谁能拯救你爸爸，这个人就是亨德里克斯医生。你用'蜂鸟号'完成了一项伟大的任务！"

汤姆稍微感受到了一点安慰，他看了爸爸一眼，并默默地祈祷。接着，汤姆走出了房间，来到院子里，想去忙一些别的事情。他知道，有医生和一个被紧急请来且训练有素的护士，那里不需要他。为了不让自己去想马上要开始的手术，他决定仔细检查一下他的飞机。

汤姆正在检查支柱和托架，看看它们能够承受多大的张力。这时，戴蒙先生出来了。

"汤姆，我的好孩子。"这个古怪的男人伤心地说，他抓住了汤姆的手，"情况很不妙，但是尽量往好处想。我相信你爸爸一定会渡过难关的。我们就要拆分'蜂鸟号'了，然后把它运送到飞鹰公园，对吧？"他想把汤姆的注意力从烦恼中转移出来。

"我不知道……或许我会放弃比赛。"汤姆回答。他尽量让自己说话能够连贯起来，但是他的喉咙好像被什么东西堵住了，泪水模糊了他的眼睛，他无法看清周围的事物。"蜂鸟号"也好像在一片迷雾中。

"胡说！不能放弃！"戴蒙先生说，"可怜的许愿骨①！汤姆，你的意思是，你要让那个自不量力的安迪带着1万美元的奖金离开大赛吗？你不和他较量了，是这样吗？"

汤姆当然想和安迪争夺1万美元大奖，而戴蒙先生这一句

---

① 许愿骨，西方人对鸡身上一种两叉型骨头的称谓，许愿时一人手持一边，默念自己愿望，两人一起扯断，骨头中间顶部在谁那边，谁的愿望就会实现。——译者注

"可怜的"似乎起了很大的鼓励作用。

"不！"汤姆用响亮的声音喊道，"安迪是不会成功的，如果我发现他比赛用的飞机是盗用我的设计图纸制造的，那么我会让他后悔一辈子。"

"你说，那架向车间投下炸弹，并点燃了车间顶棚的飞机，有没有可能是安迪用来参加比赛的飞机呢？如果是，那么安迪的飞机可不像你设计的那种类型。"戴蒙先生说。他很高兴能把话题转到一个轻松的方向上。

"你说得没错，"汤姆同意说，"我们只能等着看吧。"然后，他继续检查"蜂鸟号"的每一处细节，戴蒙先生也在帮助他。他们发现了平衡装置还稍稍有点缺陷，并及时进行了修复。

"我们决不能在比赛中出现意外。"汤姆说。他朝房子那边看了一眼，想知道手术是否已经开始。他看见那位训练有素的护士匆匆忙忙地走来走去，巴盖特夫人正在帮她。易瑞德凯特把他的骡子回飞棒从牲口棚里牵了出来。诚实的易瑞德凯特一副垂头丧气的样子。

"汤姆先生，你爸爸会好起来吗？"他问。

"我也不知道。"汤姆回答。

"好吧，如果他不能好起来，我就把我的骡子卖掉，"易瑞德凯特继续说着，"易瑞德凯特"的英文意思是"擦除"。这个名字是由他工作得来的——他是一名清洁工，也干着粉刷匠的活。

"卖掉回飞棒！可怜的梳子！为什么呢？"戴蒙先生问。

"因为它再也没有用了。"易瑞德凯特解释道，"它现在越来越喜欢到处跑，那些坏人开着飞机投放炸弹的时候就把它吓跑了，直到放飞机的工作车间着火时它才跑回来。我觉得，它已经没脸面对大家。如果史威夫特先生的病好不起来，我就和它断绝关系！"

"呃，我希望你不要这样做。"汤姆说。易瑞德凯特的脸上流露出一种真诚的悲伤，这让汤姆很感动。一阵沉默之后，汤姆开口说："我……我想知道……我们什么时候可以知道结果？"

"很快就会，我想。"戴蒙先生回答。

他们站在飞机旁边静静地等着。汤姆想让自己忙起来，但是他做不到，他的眼睛一直盯着那个房子。

似乎过了好几个小时，但事实上，还没到一个小时，那个穿着白大褂的护士就出来了，她向汤姆挥了挥手。汤姆匆匆站起身向前走去。他会得到什么样的消息呢？

他站在那个护士面前，心怦怦直跳。她温和地看着他。

"他能……他能活下来吗？"汤姆抽噎着问道。

"我想可以的。"她温柔地回答，"手术结束了，而且进行得非常成功——就目前来说，时间会告诉我们一切。亨德里克斯医生说，你现在可以进去看看你爸爸了。"

第二十二章

前往比赛

汤姆轻轻地踮着脚尖走进房间。床边站着三位医生，那个护士跟着汤姆进来了。巴盖特夫人站在大厅里，在她旁边是盖瑞特先生。巴盖特夫人一直在哭，但是当她看到汤姆时，她露出了一个微笑——尽管脸上还挂着眼泪。

"我想他会好起来的。"她轻声地说，她总是把事情往好的方面想。汤姆的心里感觉好多了。

"你只能和他说几句话。"亨德里克斯医生提醒说："他刚刚进行了一场非常罕见和精细的手术，手术在患者的心脏附近进行，汤姆，他很虚弱。"

当汤姆走近爸爸时，史威夫特先生睁开了眼睛。他环视了一下四周。

　　"汤姆，你在这里吗？"他轻声地问。

　　"是的，爸爸。"汤姆急切地回答。

　　"他们告诉我，你……你和亨德里克斯医生进行了一次伟大的旅行……断了的大桥……你带他飞来的，是真的吗？"

　　"是的，爸爸，但是你不要让自己过度疲劳，你会好起来的，而且会变得更健壮。"

　　"我会的，汤姆，但是告诉我，你是驾驶……驾驶'蜂鸟号'去的吗？"

　　"是的，爸爸。"

　　"它运行得怎么样？"

　　"很好，发动机还没有达到最佳状态，它的时速就超过了160千米。"

　　"那太好了，这样你就可以进入大赛，去赢得冠军了。"

　　"不，我不想去了，爸爸。"

　　"胡说，汤姆！我知道，我知道是因为我的缘故，但是听我说，我希望你去！我想让你赢了那场比赛！不要管我，我会好起来的，如果你赢了那场比赛，我就会康复得更快。现在，答应我，你会去参加比赛，你会赢得比赛！"

　　史威夫特先生不知从哪里获得了力量，虚弱好像突然从他身上逃离了。

　　"我……我……"汤姆支支吾吾地说。

"答应我！"史威夫特先生坚持说，他还试图要坐起来，亨德里克斯医生很快向床边走去。

"答应他吧！"亨德里克斯医生轻声说。

"我……我答应你！"汤姆说。史威夫特先生苍白的脸上浮现出一丝满意的微笑。

"现在，你必须离开了。"格拉比医生对汤姆说，"他已经讲了太长时间的话，必须睡觉，然后才能恢复体力。"

"他会好起来吗？"汤姆焦急地问。

"我们也不能肯定。"亨德里克斯医生回答，"但是我们抱有很大希望。"

"但是，如果……如果我离开后发生什么事怎么办？"汤姆说。

格拉比医生想了一会儿，然后说：

"你的飞机上有无线电设备，对吧？"

"是的。"

"如果你想了解家里的情况，你可以每小时都接收到你想要的信息。你的工程师盖瑞特，他可以发送给你实时消息。"

"说得对！"汤姆激动地说，"我会去参加比赛，我马上去拆分飞机，然后把它托运到飞鹰公园。除非亨德里克斯医生想要回去……"他补充道。

"不。"格拉比医生说，"亨德里克斯医生要在这里待几天，以防出现紧急情况。等他决定回去的时候，那座桥就已经抢修好了，他可以坐火车回去。虽然从他的话中，我可以听出他很喜欢空中旅行，但是有过这么一次体验他已经满足了。"

"太好了。"汤姆说。

汤姆和戴蒙先生很快便开始忙起来了，他们把"蜂鸟号"拆分、打包，准备运出去。盖瑞特先生也在帮助他们。易瑞德凯特和他的骡子回飞棒负责把一些盒子或箱子运往火车站。

在此期间，史威夫特先生虽然没有任何好转的迹象，但至少没有生命危险，这就是亨德里克斯医生所说的，有希望的迹象。虽然汤姆的内心充满焦急，但他相信命运会善待他，他的爸爸会完全康复。亨德里克斯医生离开了，他说这里已经没有他能做的了，剩下的依靠当地的医生和护士就够了。

"我们将会对你爸爸负责到底！"库尔茨医生说，"汤姆，你去参加比赛吧，不要担心，我们将通过无线设备随时给你发送消息，你一定要把奖杯拿回来！"

汤姆多么希望他能够做到，但他还是放心不下爸爸。"蜂鸟号"的最后一部分也被送走了，汤姆给夏普先生发了封电报说自己和戴蒙先生不久就会到达比赛现场。然后，他静静地注视着父亲，依依惜别。在嘱咐好盖瑞特先生随时发送无线电消息之后，汤姆和古怪的戴蒙先生动身前往比赛地点了。

汤姆和戴蒙先生在预定时间抵达了飞鹰公园。汤姆首先做的事就是查看是否有从家里发来的消息。确实有一条消息，说的是史威夫特先生的身体恢复得很快。汤姆的心里充满欣慰，然后汤姆开始从车站把拆分开的"蜂鸟号"运到飞鹰公园。在飞鹰公园，他和戴蒙先生又遇到了一位值得信赖的工程师，名叫弗兰克·佛克尔，他是夏普先生介绍的，由他来帮忙组装"蜂鸟号"。

与此同时，汤姆雇了一个无线电报操作员。当汤姆不在场的时候，这个操作员会把收到的所有消息及时转告他。

"蜂鸟号"的各个部件在那些大盒子和大箱子的保护下，没有受到一点损伤。这些部件被放进了那个分配给汤姆的帐篷里。距离大赛开始还有几天时间，比赛地点已经人潮涌动。

汤姆、戴蒙先生和大赛工程师弗兰克·佛克尔，一起在他们的大帐篷里忙碌着。这个帐篷既是他们的工作间，也是他们的生活区。汤姆决定，在大赛结束之前要每天睡在飞机旁边。

"我没看到安迪的任何踪迹。"戴蒙先生说，此时，他们已经到达飞鹰公园两天了，"许多新登记的参赛者都已经到了，但是他似乎还没到现场。"

"时间还很充足。"汤姆回答，"或许他想把飞机迟些运来，这样我就没有时间去提出抗议。他就是那样的人。"

"好吧，我会随时注意他的到来。你今天从家里得到什么消息了吗，汤姆？"

"没有，我每分钟都在期待消息的到来。"汤姆向帐篷里的无线电装置瞥了一眼说。就在这时，无线电装置发出了奇特的声音，"收到消息了！"汤姆惊呼。他很快跑过去，把接收器戴在耳朵上。他听了一会儿。

"好消息！"他大声喊道，"爸爸今天能坐起来了！我猜他会好起来的！"接着，他给夏普顿那边回了一封电报，祝福他爸爸并感谢夏普顿的其他人。

又过了一天，"蜂鸟号"已经装配完毕，汤姆准备测试一下发动机。

戴蒙先生向委员会总部和夏普先生咨询了一下，如果安迪利用汤姆的设计图制造的飞机前来参加比赛，他们应该怎样维护自己的权益。在回来的路上，他看到一个新搭起来的帐篷，有个年轻人站在入口。"可怜的滑板！这个人的面孔看上去好熟悉！"古怪的戴蒙先生看了一眼，喃喃自语。

突然，那个人钻进了帐篷里面。当戴蒙先生来到那个帐篷的正面时，他惊叫起来。只见一条横幅贴在帐篷上，横幅上面用艳丽的颜色写着：安迪的飞机。

"可怜的升降舵！"戴蒙先生说，"安迪最后还是来了！我得赶紧告诉汤姆！"

第二十三章

大　赛

　　汤姆和戴蒙先生找到了夏普先生，告诉他安迪的飞机已经来到现场，他们想得到许可去查看一下安迪参赛用的飞机是否侵犯了汤姆的专利。夏普先生说："我会尽力为你做这件事。我马上向委员会提出申请，他们会很快做出回应。一旦结果出来，我马上告诉你。"夏普先生说。

　　"明白了。"汤姆说，"我不想给委员会添麻烦，但是我想知道安迪是否在要诡计。我的设计图纸被盗了，而且我怀疑是安迪盗走了它。如果他的飞机是按照这些设计图纸做的，显然他就是偷设计图纸的人。我希望他的比赛资格被剥夺。"

　　"他会被这样处理的！"夏普先生大声说，"一旦找到证据，我们会立即做出决定。"

对于这件事情，委员会开了大约一个小时的会。同时，汤姆和戴蒙先生来到安迪的帐篷，这个帐篷上有引人注目的标志。帐篷外有一个人站岗，但是他们没有看见安迪。

这时，汤姆被叫走了，夏普先生把委员会讨论的结果告诉了他。

"根据大赛的规则，"夏普先生说，"我们有义务保护所有参赛者的隐私，除非他们自己选择展示他们的飞机。也就是说，在比赛之前，他们都不需要把飞机展示出来，"他补充说，"这不会影响到比赛的最终结果。根据它的分类，速度最快或者飞得最高的飞机，都会赢得比赛。因此，在比赛正式开始前，我们不会强迫任何一位选手公布自己使用的是哪一种飞行器。就像你看到的那样，有些人使用的是普通的双翼飞机，他们没有秘密可言，他们现在就在外面试飞。"情况确实是这样，有几架双翼飞机要么在空中盘旋，要么在地面快速行驶。

"但是其他飞机，"夏普先生继续说，"甚至在比赛即将进行时，委员会都不知道它是什么类型。有些人想一直保留飞机的秘密，我们不能强迫他们公开。汤姆，我很抱歉。没有足够的证据，我们无法禁止安迪参赛。我觉得，你唯一能做的就是等到比赛前最后一分钟。到时候，安迪的飞机肯定亮相了。如果你发现他侵犯了你的专利，你就提出抗议。"

汤姆很清楚这种计划是没用的。他和戴蒙先生尝试了好几次，想一睹安迪建造的飞机，但是都没有成功。至于另一种选择——等到最后一刻——汤姆觉得那也没有什么用。

"因为比赛之时场面会非常混乱，举办方的人员忙着东奔西跑，并且分散在各个地方，他们很难找到，去找他们抗议基本上是没用的。"汤姆推测道，"安迪会进入比赛，而且他也有机会赢得比赛。几乎任何一个人都可以操作像'蜂鸟号'的那样的机器，这种飞机操作简单，对驾驶员的要求并不高。"

"但是你可以在比赛后提出抗议。"戴蒙先生建议说。

"那不太好，万一安迪打败了我。公众可能会说我是一个胡搅蛮缠和嫉妒的人。不，我要么在比赛之前就阻止安迪，要么就什么也不做。我得试着想出一个计策。"

汤姆想了好多计策，但都被一个一个否定了。他试图窥探安迪放飞机的那个帐篷，但是那里守卫非常森严。安迪倒是不怎么出现，汤姆只见过他一次。

与此同时，他和戴蒙先生还有大赛工程师弗兰克·佛克尔一直都在忙着。现在，汤姆的飞机完全受到专利保护了，他可以毫无顾忌地把它展示出来。接着，在规定的航线上，汤姆进行了几次飞行测试。"蜂鸟号"的表现甚至比汤姆预期的要好。因此，汤姆对它抱有很大希望。

不过，汤姆始终在担心两个问题，一个是爸爸的病情，另一个是安迪可能会做破坏事。对于前者，无线电报告诉他，史威夫特先生在一天天好转，但不会很快就恢复健康。至于后者，汤姆觉得他没有办法解决。

"我能做的仅仅是等待，就这样。"他想。

在比赛开始的前一天，汤姆和戴蒙先生对"蜂鸟号"进行了一次极限测试。他们飞到很高的地方——高到地面的人们很难看到"蜂鸟号"。汤姆让发动机发挥到极致的水平，他们以每小时 195 千米的速度穿过天空。

"如果在比赛中也能做到这样，1 万美元就是我的了！"汤姆欣喜不已，同时他向下倾斜着机头，朝地面驶去。

比赛那天，清晨的大空非常晴朗。汤姆起得很早，他要对飞机做最后的检查和调试。他同时在想，一旦安迪的飞机被推出来，他就尽快采取某种行动。当然，他也很想收到来自家里的消息。

早饭过后，无线电信息就到了，但不是令人欢欣的消息。

"你爸爸不太好，失眠。"盖瑞特先生在电报中说道，"但医生认为白天就会好的。不要担心。"

"不要担心？这怎能让我不担心？"可怜的汤姆思考着，"好吧，我会尽量往好处想的。"他给夏普顿的工程师回复了一封电报，要他保持联系并在比赛开始后，把消息发送到"蜂鸟号"上。

"现在，我要出去看看，这个鬼鬼祟祟的安迪到底是用的什么飞行器来对抗我。"汤姆说。

佛格的帐篷仍然是紧闭的。汤姆又回到自己的地方，他请大赛工程师弗兰克·佛克尔去安迪的帐篷守着，当看到安迪的飞机被推出来时，马上通知他。

比赛现场的气氛十分热烈。看台上早已站满了人，很多人只能在站台前的空地上焦急地等待，大家都想看到飞行员坐在飞机里出场的镜头。乐队的声音时不时响起，伴随着人们的欢呼，装饰得十分美丽的飞机一架接一架地出场，被车子拖到了指定的起飞点上。

一些穿着奇怪皮革服饰的人在四处奔走，他们是冒着生命危险去争夺荣誉和金钱的飞行员。很多人都紧张地吸着烟。空气中充满了德国人的喉音和法国人的鼻音，时不时还能听到说话断断续续的俄罗斯人的声音，偶尔也会有日本人的声音。很明显，这场比赛吸引了许多国家的参赛选手来争夺大奖。

大多数机器都是单翼机或双翼机，也有少数三翼机，还有几个被单翼机和双翼机飞行员称作为"怪胎"的飞行器——直升机。还有一种怪异的双翼机，后面有三排副机翼。

汤姆对大多数类型的飞机都很熟悉，偶尔也会有一架新颖的，能引起他的好奇心。但是，他更感兴趣的是安迪的飞机。安迪的飞机还没有试飞过，汤姆在想他怎么敢乘坐这样一架提前没测试好的飞机。然而，安迪及和他在一起的那些人，显然充满了信心。

汤姆的怀疑已经传开了，大家都想知道万一他的怀疑被证明是真的，他打算怎么办。好奇的人群分成了两部分，一部分站在汤姆的帐篷外，另一部分站在安迪的帐篷外，都想亲眼看见这两架飞机是否类似。

汤姆和戴蒙先生把"蜂鸟号"推出了它的帆布"鸟巢"，一群人在看到飞机后欢呼不已。汤姆、古怪的戴蒙先生及大赛工程师弗兰克·佛克尔都正忙着仔细检查"蜂鸟号"的每一部分。

这时，比赛正式开始了。

汤姆的心跳突然加速。除了汤姆和安迪外，这场比赛还有其他参赛者，播音员开始公布参赛者信息：冯·卑尔根，莱特双翼飞机；阿拉米达，安托瓦内特单翼飞机；珀里克，布雷里奥单翼飞机……

"安迪是什么类型的飞机？"当播音员放下扩音器时，有人在人群中大叫道。

"没有公布，"有人答道，"但是按照比赛要求，它马上就要被推出来了。"

大家都伸长了脖子，人群中出现了不安的躁动，因为汤姆的故事现在已经众所周知了。

"准备好抗议，"戴蒙先生向汤姆建议道，"在你回来之前，我会一直守在飞机旁边。可怜的散热器！我希望你能教训他一顿！"

"如果可能的话，我一定会教训安迪！"汤姆咬了咬牙。

安迪的帐篷动了。早在半个小时前，帐篷里面一直有噪音发出，似乎是测试发动机的声音。这时，帐篷的门被拉开了，接着一部古怪的机器映入人们眼帘。汤姆向那边跑去，想在第一时间就能看到。它会是极速"蜂鸟号"的复制品吗？

他急切地望过去，看到的却是一个奇怪的景象。这台机器跟汤姆想象和猜测的相距甚远。它很大，给人一种非常笨拙的感觉，但它看起来功率强大。然后，当看到一些细节时，汤姆立即意识到，那晚在他家房子上空盘旋的就是这架飞机，也就是扔下炸弹并引起火灾的飞机。

汤姆挤过人群。看到安迪正站在这架古怪的飞机旁边。虽然这架飞机有一些单翼机的特点，但它更像是一架双翼机。飞机的侧面喷绘着它的名字："无敌号"。

安迪也看到了汤姆。

"我要打败你！"恶霸吹嘘道，"我的飞机和你的不一样，你错了。"

"看……看到了，"汤姆结结巴巴地说，他几乎不知道自己该想些什么，"你把我的设计图纸拿去干什么了？"

"我从来就没有拿过它！"

安迪转过身，叫他的助手来帮忙。和其他飞机一样，他的飞机也有两个座位。在这场比赛中，每个飞行员必须带一名乘客。

汤姆转身回去，既高兴又遗憾。高兴的是因为他的对手没有用"蜂鸟号"的复制品来参加比赛，遗憾的是因为他还没有发现神秘失踪的设计图的踪迹。

"不知道它去了哪里。"汤姆自言自语说。

这时，传来了准备的枪声。汤姆跑回戴蒙先生身边。

"蜂鸟号"仍在那里，它已经做好了比赛的准备。戴蒙先生坐在了他的位置上，汤姆启动了螺旋桨。其他参赛者和他们的乘客都已经坐好了，他们的助手在飞机后面准备助推。众多的发动机同时运行，声音震耳欲聋。

"推力多少？"汤姆向大赛工程师弗兰克·佛克尔问。

"1000千克！"

"好！"

参赛者听不到发令枪的枪声，但枪冒出的烟是可以看到的。那就是比赛开始的信号。

汤姆的声音传不到两米以外，他只能挥手作为信号。接着，弗兰克·佛克尔使劲向前推了"蜂鸟号"一把，"蜂鸟号"在平坦的地面上跑了起来。汤姆急切地看着前方，他和其他飞机处于同一条线上，包括安迪的"无敌号"。

汤姆拉了一下操纵杆，"蜂鸟号"向上冲了起来。其他的飞机也冲向空中。

争夺1万美元的比赛正式开始！

第二十四章

获 胜

为了尽快上升到大气高层中，汤姆的飞机正以陡峭的倾斜度向上飞行，他低头朝右下方看去，一架飞机正以一种奇怪的方式在地面跳跃着行驶。它是"蓑羽号"飞机——这场比赛中最小的飞机，它这种奇特的起飞方式很吸引观众眼球。

"我不相信他会成功。"汤姆想。

他是对的。过了一会儿，小飞机在离开地面一段距离后，突然向下俯冲，坠毁了。汤姆看到两个人从散乱的飞机残骸中爬了出来，显然他们并没有受伤。

"一名参赛者出局了。"汤姆为他们感到遗憾。

"'无敌号'在哪里？"汤姆转过头问戴蒙先生。

戴蒙先生示意他向上看。在汤姆的飞机上方，略高一些，是安迪的飞机。它运行的状态比"蜂鸟号"更好。

那一刻，汤姆心里非常疑惑。接着，他加大了油门，直到"蜂鸟号"向上飞到与"无敌号"并列的位置，汤姆这才满意。

安迪瞥了一眼汤姆，接着拉动了控制杆。"无敌号"增加了它的速度，试图甩掉汤姆但是汤姆也只落后了一点点。

这时，一阵巨大的响声从后方传来。汤姆回头一看，只见德·特龙驾驶着法尔曼双翼机，日本人罗伊腾驾驶着桑托斯杜蒙特单翼机，迅速向前冲来。史加激烈的比赛已经在他们的追逐中上演了，但是距离比赛结束的距离还很远。

这次比赛的距离很长。这天天气晴朗，非常适合比赛。此刻，汤姆在高空看到了飞鹰公园的全貌。该公园坐落在一个巨大的椭圆形山谷中。密密麻麻的观众注视着天空中激烈的比赛。

参赛者们一圈又一圈地飞着。为了留意赛事举办方发出的信号，从而判断什么时候快到终点，他们没有驾驶飞机飞到更高的空中。他们在等待着信号的到来，这样就可以拼尽最后的力量冲刺了。因此，尽管这些飞机处于不同高度，但距离相差无几。同时，他们沿着基本相同的轨道，一圈圈飞行。

"蜂鸟号"运行良好。汤姆看到，飞机下面的大地快速地向后退去。他确信，他能赢得比赛。无论西班牙人阿拉米达驾驶着安托瓦内特单翼机渐渐地赶上他时，还是安迪突然加速冲到他前面时，汤姆赢得比赛的信心都没有动摇。

"我要追上安迪！"汤姆自言自语。然后，他把油门稍微加大了一些。在安迪的"无敌号"后面，汤姆驾驶着"蜂鸟号"飞了不一会儿，就轻松地飞到前头去了。

这时，无线电设备嗡嗡响了起来。汤姆知道，有消息来了。此刻，他们已经飞了大约 50 千米的路程。他抓起接收听筒，放到耳朵上，调大音量，盖过发动机的噪音，然后仔细听。

"怎么了？"当汤姆取下接收听筒，戴蒙先生问。

"爸爸的情况不太好，"汤姆回答，"盖瑞特先生说他们把亨德里克斯医生又请来了。但爸爸很固执，他叫我继续比赛，要赢得比赛。我知道我能做到，只是……"汤姆停住了，强忍着抽泣。这时，他准备让发动机达到更快的速度。

"你当然能做到！"戴蒙先生大叫，"可怜的……"

就在这时，他们突然遭遇了逆风。幸亏汤姆应变能力强，他认真操作飞机，没过多久，"蜂鸟号"就恢复了平稳状态，继续沿着航线向前冲。

在下面的比赛中，有时汤姆会领先，有时他又不得不给柯蒂斯、法尔曼和桑托斯杜蒙特让出轨道。原来，这些极速飞机安装了辅助推进器，可以在瞬间提高速度，向前冲刺。不过，大多数时间汤姆一直保持领先。

汤姆瞄了一眼高度计，上面显示的高度超过了 370 米。他看了看速度计，时速为 160 千米多一些。他估摸着，还有 32 千米的路程。在前面的比赛中，他几乎一直限制速度。现在，冲刺的时间即将来临。距离终点还有最后 8000 米时，汤姆就要冲刺。此刻，汤姆深信，他可以绝对领先的位置赢得比赛。

"安迪似乎很有把握。"戴蒙先生说。

"是的，他有一架好飞机。"汤姆承认道。

汤姆驾驶着"蜂鸟号"，很快飞行了 8000 米，然后又飞了 8000 米。再向前飞行同样的距离，汤姆就会让发动机达到峰值，然后"蜂鸟号"就会展示出真正的实力了。汤姆急切地等着信号指示。

突然无线电设备又开始嗡嗡作响。汤姆把接收听筒快速放到耳朵上。戴蒙先生看到他脸色发白。

"格拉比医生说爸爸的情况变得更糟了。几乎没有希望了。"汤姆说。

"你……你会放弃吗？"戴蒙先生问。

汤姆摇了摇头。"不！"他喊道，"盖瑞特先生说，我爸爸昏迷了。昏迷前，他留给我的一句话：'告诉汤姆赢得比赛'。我一定会做到的！"

汤姆突然改变了他的计划。现在，他不再等信号了，而是直接开始最后的冲刺。等"蜂鸟号"以最快的速度完成 160 千米的赛事，拿下第一，他就要立即赶紧回到父亲身边。

随着势如破竹的轰鸣声响起，"蜂鸟号"的发动机似乎得到了额外的力量。这股力量是汤姆倾注给它的。它像一只飞鹰一样冲向猎物。汤姆立即甩开了离他最近的飞机。此刻，距离汤姆最近的是安托瓦内特单翼机，西班牙人阿拉米达正驾驶着它。

"最后冲刺！"汤姆大喊。

这时，"蜂鸟号"上的速度计显示时速已经达到每小时210千米！肯定没有一架飞机能超过"蜂鸟号"！汤姆驾驶着"蜂鸟号"，以风驰电掣的速度从空中划过，令人匪夷所思。

比赛场地的大看台及周围的空地上，欢呼声，大叫声，惊愕声和兴奋的喊声响成一片。然而，汤姆和戴蒙先生听不到那些声音，他们听到的仅仅是发动机强有力的轰鸣。

"蜂鸟号"的速度越来越快。汤姆低头看到了举办方发出的信号，这意味着还有5000米的路程要走。

汤姆觉得他赢定比赛了。现在，他已经领先其他选手超过半圈了。但是他看到安迪正从那些落后者中脱颖而出。

"他想试着赶上我！"汤姆喊道。

就在这时，不幸的事情发生了，"蜂鸟号"的发动机突然减慢了速度，气缸的爆炸声时有时无。这架精致的飞机开始落后了！

"怎么回事？"戴蒙先生问。

"3个气缸熄火了！"汤姆绝望地大喊，"我想我们完了。"

其他飞机都赶上来了，安迪是领先的，然后依次是桑托斯杜蒙特、法尔曼，最后是莱特。他们看到了"蜂鸟号"的窘境，决心要打败它。汤姆绝望地看着发动机，什么也不能做，他不可能在半空中修理它。现在只能靠运气了。

安迪看着他的对手，邪恶的微笑挂在他丑陋的脸上。安托瓦内特从汤姆身边一闪而过，其他的飞机也依次离汤姆而去，汤姆的心像灌满了铅一样沉重。戴蒙先生茫然地盯着前方。他们似乎被打败了。

还有唯——个机会。如果汤姆关闭所有的电源，滑行一会儿，然后在螺旋桨停止旋转之前重新点火，那么沉默的气缸就可能再次启动起来，其他部分也会恢复运行。汤姆要试试看，这样总比眼睁睁等待失败要强。

"还有最后 2000 米！"汤姆倒吸一口冷气喊道，"这是唯一的机会，我要把握住。"

他关掉了电源，发动机安静了下来，"蜂鸟号"开始下降。下降了 3 米后，汤姆突然打开电源。片刻沉默之后，发动机的轰鸣声又回来了。轰鸣声告诉汤姆，发动机重新燃起来了。就是这样的轰鸣声！每个汽缸都被激活了，它们开始不停地欢快跳跃！

"我们做到了！"汤姆大叫。紧接着，汤姆开到了最大马力，争取让空中赛艇沿着航道赶上并超过他的对手。

慢慢地，汤姆追上对手们了。一个个对手纷纷回头，吃惊地看着"蜂鸟号"赶上来。

他们试图把速度加得更快，但这种情况已经不可能了。此时，安迪的"无敌号"仍然处于领先地位。

"我会超过他！"汤姆喃喃道，"我要超过他们所有人！"

"蜂鸟号"以一个绝妙的突然加速，超过了一个又一个强大对手。最后，它追上了安迪的"无敌号"。汤姆做到了！

一瞬间，"蜂鸟号"就完成了超越，安迪的飞机很快被甩得远远的。最后，"蜂鸟号"以令人不可思议的速度越过了终点线，成为 1 万美元的赢家。回头来看，汤姆非常幸运。通过努力，汤姆在最后的关头反败为胜。

汤姆关闭发动机，滑翔到了地面。这时，整个赛场上发出一阵接一阵雷鸣般的掌声。"蜂鸟号"刚停下，无线电装置又一次嗡嗡作响。

在收听无线电报消息的时候，汤姆的脸上充满了痛苦。

"我爸爸快死了，"他简单地说，"我现在必须回去看他。戴蒙先生，在我发送消息的时候，你能帮我把油箱里的汽油和机油都加满吗？"

"汽油和机油？"戴蒙先生问，"你要做什么？"

"我要驾驶'蜂鸟号'去看爸爸，"汤姆说，"或许，这是我此生最后一次见他了。"

戴蒙先生听完，赶紧找了几个人，一起为"蜂鸟号"补充机油和汽油。这时，汤姆开始发送消息给盖瑞特先生。在电报中，汤姆说他已经赢得比赛了，马上就会飞回夏普顿。

汤姆·史威夫特已经赢得了一场比赛。现在，他还能赢得其他"比赛"吗？

第二十五章

回　家

夏普先生穿过拥挤的人群，来到汤姆身边。

"汤姆，委员会已经给你把支票准备好了。"热气球驾驶员说，"你会回来领取吗？"

"请你把支票寄给我，"汤姆回答，"我现在必须回去看我爸爸。"

在汤姆身边，许多人在说着话。

"哼！要是再多跑一圈，我一定能打败他。"安迪吹嘘道。其实，压根没有人注意到他。

"真了不起！"法国人珀里克说，"能和汤姆·史威夫特握手，我很荣幸！你打破了飞行记录！"

"这是我看到过的最好的飞机。"荷兰人德·特龙说,"握个手吧!"

"非常好!非常好!"来自日本的选手说。所有的选手都热烈地祝贺汤姆。之前,从来没有人把飞机的时速提高到100千米。

这时,只见有人拼命往人群里面挤。

"你的飞机申请了专利权保护吗?"他急切地询问道。

"是的。"汤姆回答。

"那么,我想代表美国政府,向你购买专利权来生产这种飞机。"那个人说,"你能保证你的设计图纸只有唯一一份,并且在你手里吗?这意味着你将获得一大笔财富。"

汤姆犹豫了一下,他想到了被盗走的设计图纸。要是设计图没有丢失该多好啊!他瞥了一眼安迪,他正把"无敌号"推往帐篷里。此刻,他没有时间去找安迪算账。

"我会再找你的,"汤姆对政府代表说,"我必须回去看我爸爸,他快不行了。我现在不能给你答复。"

油箱已经装满了。汤姆匆匆检查了一下他的飞机,然后向他的新朋友们告别。他和戴蒙先生各自坐到"蜂鸟号"上。不一会儿,小飞机就飞到了空中,他们离开了飞鹰公园。汤姆睁大眼睛,希望一眼就能看到自己的家乡,但是他知道,在空中还要经过几个小时的飞行才能到家。

"还来得及看父亲一眼吗?"这个问题一次又一次朝他

袭来。

回家的路上，"蜂鸟号"平稳地飞了好长一段时间，好像很享受在空中的感觉。汤姆用他敏锐的耳朵，听着发动机的轰鸣声、尾气排放声、齿轮摩擦声及离合器的咔嗒声。随着阀门不停地打开、关闭，空气和汽油充分混合，在压力的作用下，发动机爆发出强大的能量。

"'蜂鸟号'运行正常吗？"戴蒙先生焦急地问。他太紧张了，以至于都没想到要可怜什么。"它一切很正常，对吗，汤姆？"

"我是这样觉得的。我正在加速，使'蜂鸟号'的速度达到极限。此刻，'蜂鸟号'的速度已经超过从前任何一次飞行时的速度。我想，它可以承受得住。我的'蜂鸟号'就是为应对紧急情况而造的，现在它做到了！"

然后是一阵沉默，他们在空中滑翔，像过山车在极速下降一样。

"飞鹰公园的这场比赛非常壮观。"戴蒙先生说着把座位调到一个更舒适的位置，"我没想到你能反败为胜，像有魔咒一样。"

"我也没想到。"汤姆说着推动了火花杆，"还好我下定决心，一定不能被安迪打败，所以才冒险把电流切断了。"

"冒险？"

"是的。一旦切断电流，发动机就有可能再也发动不起来了。"汤姆向下看着地面，好像他正在测量落到地面的距离。汤姆清楚，如果空中赛艇在关键时刻没能及时重新启动，那么它就会掉下去并摔个粉碎！

"如果它当时没有再次启动，汤姆，我们会……"戴蒙先生没有说完，但是汤姆明白他的意思。

"是的，一切都完了，"他简单地说，"我会试着滑翔回地面，但是依照当时的速度，以及曲线飞行的方式，飞机很有可能倾覆。"

"可怜的……"戴蒙先生刚开始"可怜"什么，但是他又停下来了。此刻，他想到了汤姆的感受，这种带悲伤字眼的话只会加重他的心理负担。

"蜂鸟号"速度越来越快，好像知道自己有重要任务在身似的。飞机运行得十分完美，听到发动机和谐的轰鸣声，汤姆脸上的焦虑表情逐渐被欣慰所替代。

"你觉得我们会成功吗？"过了一会儿，戴蒙先生问。其间，他们飞过了一座大城市，城市的居民在看到他们头顶的飞机时，表现得非常激动。

"我们必须成功！"汤姆咬紧牙说。

他再次加大了油门，飞机迸发出更快的速度。戴蒙先生抓紧他附近直立的把手，他的脸色变得有些苍白。

"戴蒙先生，没事儿。"汤姆安慰他说，"没有危险，"

然而，汤姆没有考虑到气流状况。当他试着进一步提升螺旋桨转速的时候，"蜂鸟号"突然进入一股大气逆流层中。

就在一瞬间，"蜂鸟号"翻转了90度，一侧翼尖朝下，一侧朝上。如果不是汤姆迅速调整翼尖，抵消了机翼侧面受到的压力，那么汤姆的历险故事可能会有不一样的结局。

"可怜的……"戴蒙先生开始说了，但是没有说完。现在，他不得不像汤姆一样去弯曲身体，帮助飞机保持平衡。

"再弯过来点！"汤姆喊道，"再弯过来点，戴蒙先生！"

"但是如果我再向你那边弯腰，我就要离开我的座位了！"古怪的戴蒙先生提出了异议。

"如果你不那么做，你就会掉出飞机！"汤姆严肃地喊道。他的同伴开始倾斜身体，直到汤姆使"蜂鸟号"再次平稳飞行。

然后，汤姆再次使发动机加速。此时，他们已经接近夏普顿。在汤姆和戴蒙先生的眼前，熟悉的地标出现了。汤姆睁大眼睛，期待着家的出现。

就在这时，意外的事情发生了。发动机突然停止嗡嗡的响声。紧接着，他们陷入令人恐怖的安静当中。

"发生……发生什么事了？"戴蒙先生惊奇地喊道。

"'蜂鸟号'里有设备出现故障了。"汤姆迅速回答，"恐怕是电磁发电机不能正常工作了。"

"我们不能滑翔到地面上吗？"戴蒙先生问。现在，每当发动机出现状况时，他就意识到，滑翔到地面是通常的做法。

"可以是可以，"汤姆回答，"但是我不会那么做。"

"为什么？"

"因为我们离我家太远了，而且我爸爸……所以，我要继续飞行。为了及时赶到家，我必须这样做！"

"但是如果发动机启动不了……"

"我会让它启动的！"

汤姆拼命地操纵各种控制杆，处理与电机连接的点火系统。他试图让电磁发电机继续打出火花，但没能成功。他打开电池，令人遗憾的是，干电池也已经耗尽了。现在，除非发电机开始运行，否则没有办法打出火花。

螺旋桨仍然靠着自身的惯性旋转着。如果汤姆能及时开启电磁发电机，那么一切还可能恢复正常运行。

就在这时，他们开始向下掉了，但是依靠调节机翼，汤姆又一次使"蜂鸟号"在一股气流中得到了上升力。

"听着！"他对戴蒙先生大喊，"你来控制方向盘，尽你最大的努力把它保持在这个水平面上。"

"你要做什么？"

"我要去解决电磁发电机的问题！"

"但是万一'蜂鸟号'向下俯冲怎么办？"

"像我那样迅速拉起飞机的机头。这是我们唯一的机会了！现在，我不能降落，这里离夏普顿还有一段距离！"

于是，戴蒙先生伸手，接过汤姆手中的方向盘。然后汤姆向前倾着身子，因为电磁发电机很容易触到，他想看看电磁发电机出了什么故障。他很快就找到了问题——接线柱上的一条线由于震动而松掉了。汤姆立刻接好了那条线，在螺旋桨停止转动前，他打开了电源开关。瞬间，电磁发电机便开始运行了，火花又一次在气缸中引爆油气混合物，"蜂鸟号"继续快速前进。

"我们马上就要到了！"汤姆大声宣布。

"我们快要成功了。"戴蒙先生补充道。这时，他把方向盘重新交到汤姆手里。

当夏普顿教堂的塔尖若隐若现地出现在他们视线中，他们终于快到家了。接着，他们飞过村庄。现在，汤姆已经看到自己家的房子了。

汤姆让飞机向下滑翔。"蜂鸟号"接触地面时，汤姆猛地踩住刹车。在机轮停止之前，他就跳下了飞机。

"是汤姆先生！"看到汤姆跳下飞机后，易瑞德凯特大喊道。

汤姆急匆匆地跑进屋子。他遇到了护士，护士向他举起了警告的手势。汤姆的心脏几乎停止了跳动。这时，格拉比医生也从史威夫特先生的房间里出来了。

"他……他……是我来迟了吗？"汤姆哽咽着说。

"嘘！"护士提醒道。

汤姆感到头脑发晕，在他还没有倒地的时候，格拉比医生抓住了他。此刻，汤姆体力消耗很大，非常虚弱。

"他的情况好转了！"格拉比医生说道。汤姆听到这句十分令人高兴的话，就好像在梦里。然后，他的力量突然回到了身上。"危机过去了，汤姆。"格拉比医生继续说，"你爸爸也会恢复健康的。现在，他已经比以前强壮些了。对他来说，你赢得比赛的好消息好像是一剂强心剂。祝贺你赢得比赛。"原来，汤姆的无线电设备早就把赢得比赛的消息发送过来了。

"听到爸爸脱险的消息比听到全世界的祝贺我，更令我高兴。"他握住医生的手，轻轻地说。

一周后，史威夫特先生已经痊愈，他的身体越来越好，已经能坐起来了。在房间里，汤姆摸着一张1万美元的支票——支票刚刚寄来，而且通过了认证，与此同时，他和爸爸谈论着赢得比赛的过程。

"你确实做得十分出色。"史威夫特先生轻轻地说，"汤姆，你很棒，我为你感到自豪。"

"有这样优秀的儿子，你应该感到自豪。"戴蒙先生补充道，"可怜的鞋带！我觉得安迪无形中帮了我们一个忙。对吧，汤姆？"

"是的，但主要是在你的帮助下我才赢得了比赛，戴蒙先生。"

"胡说！"古怪的戴蒙先生大叫。

"是的，是你的帮助。你帮了我很多。"

"汤姆，在赢得空中赛艇的大奖后，你是想继续参加更多这种比赛呢，还是想去尝试其他别的东西？"史威夫特先生问。

"我想，我不会马上再去参加航空比赛。"汤姆回答，"我需要一段时间去完成和完善我的电动步枪。这项工作，我会尽快开展的。"

"去打猎吗？"戴蒙先生说。

"我有去打猎的打算，"汤姆笑着回答，"尽管我不知道去哪里。"汤姆继续说："第一份设计图被盗真是太糟糕了，如果没被盗，我就可以用我的小飞机和政府做笔大生意。不过，如果飞机的设计图不止一份，其他国家就有机会得到相关的机密信息，我们的政府代表就不会去考虑这笔交易，我申请下来的专利权也没有任何作用了。我不知道有什么方法可以从安迪那里拿回设计图。我不明白他为什么不使用它。之前我还很确信，他会制造一架和'蜂鸟号'很像的飞机去比赛来对抗我。"

"汤姆，那是一份什么样的设计图？"史威夫特先生问。

"什么！你不记得了吗？"汤姆问，"就是我给你看的那份。你在书房睡着的时候，有人溜进来，偷走了它。"

一个奇怪的表情掠过史威夫特先生的脸。他把手放在额头。

"我好像记起生病前的一些事情了，"他慢慢地说，"我要回到那个时候。那些设计图……在书房……我睡着了。不过，在睡着之前，我把设计图藏起来了，汤姆！"

"你把设计图藏起来了？"汤姆大喊。

"是的。我记得当时我昏昏欲睡。我担心万一有人进来看到图纸，我就起身把它放在窗子下的墙角处，那里有个洞。然后，我又从窗口走进来，回到椅子上睡着了。接着，我病了，竟然忘记了藏设计图这件事。"

汤姆立即跳了起来，跑到爸爸所说的地方。很快，他的欢呼声就表明找到设计图了。他匆匆回到房间，手里拿着一卷设计图。这的确是失踪已久的设计图！天气使它变得有些潮，有些褪色，但所有的数据依然清晰。

设计图没有落到对手手里，汤姆的秘密没有泄露！

"现在，我可以接受政府开出的条件了！"他大叫。几周后，他用专利跟美国政府达成了一笔交易。

格拉比医生解释说，史威夫特先生的奇怪行为是疾病导致的。在隐藏设计图后，他出现了失忆症状。甚至隐藏设计图这件事也是在他大脑不受控制的情况下做出的。在汤姆离开书房的那段很短的时间里，他打开了书房的窗户，悄悄藏起了图纸，然后又匆匆回去，坐在他的椅子上睡觉。

几天后，汤姆把这件事告诉了玛丽·尼斯特小姐。"所以安迪根本没有拿走它？"她问。

"没有，但我想我必须向他道歉。"汤姆这么做了。虽然，安迪勉强接受了汤姆的道歉，但表现得很不礼貌。

当汤姆问及放飞机的车间被烧及"蜂鸟号"几乎被烧毁这件事情时，安迪坚决否认搞破坏，也否认自己跟那场神秘大火有关。由于没有证据证明他的罪行，汤姆不会进一步追究。所以，这件事最后不了了之。

史威夫特先生的身体恢复得很快，没过多久，他就能继续开展发明工作了。

其间，汤姆收到几家大型航空协会的飞机展览的邀请，但都拒绝了，因为他正忙着完善电动步枪，戴蒙先生也在帮助他。

安迪用他那架奇怪的飞机成功进行了几次航行。后来，汤姆得知，他的飞机竟然是他爸爸花大价钱从一个德国天才那里买的。安迪变得非常骄傲，并且吹嘘说要驾驶飞机和那个德国人到欧洲旅行。

"如果他去欧洲，我会很高兴，"听到安迪的计划时，汤姆说，"这样，他就不会来打扰我了。"

赢得比赛的奖金，还有与政府签订合同得到的钱，使汤姆变得更加富有。他还会经历更多的冒险，但是不管发生什么，他永远都不会忘记，驾驶空中赛艇争取 1 万美元大奖时，那些发生在他身上的惊险故事。

读什么书，代表你是什么人

看书有道

拯救无聊
对抗浮躁